KB109212

꽃사랑 혼이 흔들리는 만남

朴大文 제4시집 / 2018. 7. 9

신세림출판사

꽃사랑
혼이 흔들리는 만남

박대문 제4시집

제14 꽃시집을 펴내며

풋풋한 새싹이 돋고 꽃이 피는 봄날부터
녹음 짙은 한여름, 오색단풍 영롱한 가을.
한해의 애환을 덮고 온 세상을 백설로 덮는 겨울!
참으로 아름답고 변함없는 자연(自然)의 되풀이입니다.

자연 속에서 오직 자연에 의지하여 살던 인간이
지극히 인간 중심적인 환경(環境)이라는 말로 자연을 대신하면서
자연을 객관화하고 개발, 이용의 대상으로만 여겨
탈자연적 삶의 문화에 빠져 자연과 멀어지기 시작했습니다.
기계문명과 인공의 세계에서 기계적 삶이 판을 치게 되었습니다.

"엄마! 오늘 우산 가지고 가야 해요?"
"아! 오늘 아침 TV 못 봤는데. 스마트 폰 켜볼까?"
아침 등굣길 아이와 엄마의 날씨에 관한 이야기입니다.

어린 시절 등굣길에 집안 어른에게 날씨를 물으면
하늘 한 번 쳐다보고 앞산 한 번 훑어보고 나서
우산이 필요한지 아닌지를 말씀해 주셨습니다.
신기하게도 거의 틀림이 없었습니다.

배움 없는 농부일지라도 하루의 일기를 봅니다.
하지만 최고 학부를 나온 요즈음 도시(都市) 지식인은
TV를 보지 않고서는 하루 일기도 볼 줄 모릅니다.

인간은 만물의 영장이라고 합니다.

하지만 보잘것없다고 여기는 개구리, 뱀도
지진(地震)을 미리 알아채고 대피를 하는데
인간은 알아채지 못하고 재난을 당합니다.

발밑에 밟히는 하찮은 풀때기도 햇빛만 있으면
태양 에너지를 탄수화물로 만들 줄 압니다.
식물은 모든 생명체의 근원입니다.
지구상 모든 생물, 즉 물고기, 날짐승, 길짐승 모두가
식물이 만든 에너지를 먹고 사는 소비자입니다.
세상에 제일이라는 인간도 햇빛으로 먹거리를 만들 수 없습니다.
풀때기 덕분에 탄수화물과 고기를 먹고 사는 소비자입니다.

일찍이 불혹(不惑)을 넘기고 지천명(知天命)의 나이 초반에
공직에서의 청운의 꿈을 접어야만 했기에
산과 들의 야생화, 산들꽃을 찾으며 위안(慰安)했던 시절,
비로소 내가 풀때기와 함께 살아가는 자연 일부이며
산들꽃보다 더함도 덜 함도 없는
같은 시간과 공간 속의 공존체임을 알게 되었으니
이것이 바로 지천명(知天命)임을 깨달아야만 했습니다,

오직 인간의 이해관계 잣대로
작물과 잡초, 꽃과 풀때기를 구분하지만
이름을 모를 뿐 잡초라는 풀은 없으며
잡초는 모두가 자기만의 이름과 독특한 아름다움이 있고.
주어진 조건에 순응하며 수수만년 그 생을 이어오고 있는
생존의 전략과 지혜가 곳곳에 배어있어
우리 삶의 말 없는 귀감이 되고 있음을 알기 시작했습니다.

10여 년이 넘는 긴 세월을 산들꽃과 함께 하면서
이들이 전해주는 생의 전략과 삶의 지혜,
주어진 삶의 완성과 종족의 대(代) 이음을 위한
조건 없는 순응과 꽃가루받이를 위한 무한 변신,

생을 위한 끊임없는 적응과 처절한 투쟁을 보면서
생명체의 위대함과 생의 존엄스러움을 배웠습니다.

보면 볼수록 보이기 시작하고, 마음 쏠리고, 그리워지는
우리 산들꽃의 아름다움과 삶의 지혜,
존엄하고 거룩한 생명의 신비에 빠져
'대문 밖'에 주로 나가 사는 '대문 박'이 되었습니다.
대문 밖의 풀꽃을 찾아 만나보고, 간직하고파 사진을 찍고
기억하고 전하고자 쓰기 시작한 풀지기 블로그,
(http://blog.naver.com/dmpark05)
이 블로그에서 끝에 남긴 글 중 하나, 둘을 모아
시집이라는 이름으로 다시 제4 꽃시집을 출간합니다.

시(詩)라 하기엔 미흡하고 겸연쩍지만,
그간 살아온 내 삶의 궤적이고 세월의 흔적이며
귀하고 소중한 산들꽃과 오간 소통의 기록이기에
감히 시집이라는 이름을 빌려 세상에 내놓습니다.

TV, U 튜브, 동영상 등 편하게 보고 듣는 요즈음 세상에
재미있는 책도 읽지 않는데 이 시집을 과연 누가 읽을까?
많이 망설이고 주저하며 용기를 내기가 어려웠습니다.
더구나 요즈음 시(詩)는 제가 봐도 참 재미없습니다.
쉽게 듣는 노래가 아니라 깊이 생각을 해야 하고
고차 방정식만큼이나 난해한 표현이나 구성에 헷갈리고,
이해할 수 없는 본인만의 주관적 생각과 지식의 나열이
독자로부터 시가 외면 받는 이유가 아닌가 생각합니다.

그러함에도 불구하고
설사 시(詩)는 재미없고 귀찮아 읽지 않더라도
산들꽃과 자연의 아름다운 모습만은
자연을 멀리하고 오늘을 사는 주변의 많은 친지에게
꼭 전해주고 싶은 간절함이 있었습니다.

산들꽃에 대한 이해와 관심, 의미를 높여주고 싶었습니다.
무리해가면서도 컬러판으로 시집을 발간한 이유입니다.

이들 사진이 산들꽃을 아름답게 재현하지는 못했지만
될 수 있으면 식물도감용 사진을 싣도록 노력했습니다.
이들 사진 중 우리 식물도감에는 나와 있는 우리 꽃이지만
북한 지역에서만 자라기에 만날 수 없는 꽃을 찾아
연변, 백두산, 사할린, 일본 등을 찾아 나선 결과
인터넷에서도 찾아보기 힘든 웅기솜나물, 갯별꽃, 갯지치 등을
어렵게 찾아내 선보이게 된 것은 저의 기쁨 중의 하나입니다.

이 글을 마무리하면서 이 시집이 나올 수 있도록
저에게 많은 배려와 격려를 해주신 분들께 감사드립니다.
말없이 지켜보며 마무리까지 도와주신 박석남 큰형님 감사합니다.
산들꽃 찾는 제 길을 열게 해주신 이정수 회장님, 김상문 회장님,
힘과 용기를 주며 응원해 주신 김형문 대표님과 이화모임, 88모임 형제님들,
제가 식물과 함께하고 볼 수 있는 눈을 열어준 김영철 박사님, 현진오 박사님,
힘든 산행과 꽃 탐구를 돕고 함께 해주신 한국의 재발견 식물탐사대 대원님들,
부족한 글을 이해해주고 용기를 북돋워 준 동방문학과 자유칼럼그룹 문인들,
언제나 나의 길에 힘을 더해주었던 친지, 선배, 동료, 꽃 탐방 동행인 감사합니다.

제일 고맙고 감사해야할 내 가족!
항시 대문 밖을 홀로 쏘다녀도 묵묵히 받아들여준 아내,
뭔가 아쉬움 많아도 격려를 잊지 않는 지원, 경원, 석원 그리고 은혜,
평소에 말 한마디 못했지만 고마움을 깊이 간직하고 있음을 전하며
제4 꽃시집 출간의 기쁨과 감사함을 모두에게 드립니다.

2018. 7. 9 (음 5. 26) 종심(從心)을 맞이하며.

운정(雲亭) 박대문(朴大文)

차례

제1부 꽃 사랑 – 꽃을 사랑하는 이, 차마 꺾지 못한다

제2부 **타는 그리움** – 가슴에 묻어둔 사랑 있네

제4부 내 발길 닿은 그곳 -가다가 쉬고, 쉬다가 걷고…

차례

제5부 헤매 도는 이역 땅 - 우리 꽃이 뭐길래

꽃 사랑

- 꽃을 사랑하는 이, 차마 꺾지 못한다

꽃을 좋아하는 이, 탐을 낸다.
꺾어 들고 싶어 한다.

꽃을 사랑하는 이, 혼을 본다.
차마 꺾지 못한다.

가지복수초

꽃 사랑

호젓한 산길
곱게 핀 꽃 한 송이

꽃을 좋아하는 이
탐을 낸다.
꺾어 들고 싶어 한다.

꽃을 사랑하는 이
혼을 본다.
차마 꺾지 못한다.

혼이 흔들리는 만남
사랑이란
이런 것인가 보다.

(2014. 3. 16 봄의 전령 복수초를 보며)

춘설헌 홍매

입춘에 부는 바람 따사롭도 하건만
서석대에 이는 바람 여전히 차갑고
운림골 여울 소리는 얼음장에 갇혀서
봄빛은 옅고 봄 소리는 아득하네.

꽃마저 이울어버린 춘설헌 차나무
여윈 찻잎에 쌓인 눈이 버거워
눈 속에 고개 묻고 설몽을 헤매는데
춘설헌 뒤뜰에 어슴푸레 뽀얀 빛
설마일까 봄빛 그려 조심스레 다가서니
그림자인 듯 홍매가 숨은 듯이 피어 있네.

다향(茶香)도 인향(人香)도 한 때런가 여겼더니
홍매 홀로 단심(丹心)인양 혹한을 견뎌 내고
붉은 마음 꽃피어 옛정을 되살리네.
홍매 가지 뒤흔드는 봄바람이 야속하구나.
파르르 떠는 꽃잎이 이 가슴을 저미누나.

(2016. 2. 13. 무등산 운림골 춘설헌에서)

매실나무

매화에 춘설이 내리는 까닭은

매화에 춘설이 내리는 까닭은
서두르고 때 일러 시샘에 몸 상할까
토닥토닥 다독이는 사랑의 매질이라.

매화에 춘설이 내리는 까닭은
눈비 차갑고 바람 사나운 날
다잡고 쉬어가라는 따스한 보살핌이요
함께 노닐 벌, 나비도 없는 때
훈풍 기다려 함께 어울리라는 바람이라.

매화에 춘설이 내리는 까닭은
오늘의 잔잔한 역경과 슬픔이
내일의 평안과 기쁨이 되고
풍요롭고 따스한 훗날의 기약임을
되풀이 가르치는 자연의 섭리이리라.

가없는 자연의 만물 사랑에
어찌 까닭 없는 시샘이 있으랴.
신비하고 오묘한 가르침에 옷깃을 여민다.

(2016. 2. 28 설중매를 바라보며)

홍매실나무

홍매화 앞에서

동트는 새벽하늘 별빛처럼
안갯길 산속 샛길처럼
잊힌 듯 어른대던
가녀린 가지
낭창대며 파르르 떨기만 하더니.

찬바람 속 한줄기 봄빛
앗길세라 품에 안아
한설풍파에 시냥고냥 고이 키워
한 풀듯 망울 터친 선혈 빛 꽃 이파리.
이른 봄 홍매화 앞에 서다.

홍매화 불꽃 따라
다가오는 임 향기
잊힌 듯 자리한 그 얼굴이
가슴에 화들짝 봄을 지피는데
스치는 바람은
어이
아직도 차가운가.

(2015. 2. 5. 부산 UN 공원 홍매화 앞에서)

매실나무

춘야월매 (春夜月梅)

봄 밤 깊어 하늘 맑다.
휘영청 달빛 속에
하느작거리는 매화 꽃송이.

청초한 꽃 이파리에
사르르
달빛 내려앉고.

그윽한 매향 속에
바르르
네가 그립다.

(2015. 3. 4 춘야월매)

애기기린초 새싹

숨고, 피하고, 떠나고 싶어도
이어가야만 하는 생(生)이기에
엄동설한 가림 없는 맨땅 위에
빨간 맨살의 가냘픈 겨울눈을 틔운다.

한겨울 깊다 해도 찬 서리 넘어나면
따스한 봄 햇살, 기다림이 있다.
빨간 새움에 아리는 추위가
한속(寒粟)되어 파고들지라도
그리운 기다림은 꺾지 못한다.

넘어나는 동안은 고통이지만
그리움 있는 기다림이기에
설레는 마음으로 새움을 틔운다,
깊어가는 한겨울의 애기기린초.

(2014. 2. 3 입춘을 맞는 애기기린초 새싹)

인큐베이터 안의 수련 싹

'오래된 연못
개구리 뛰어드는
물소리 첨벙'
하이쿠(俳句) 한 수 생각나는 호숫가.

스치는 봄바람도
햇살 부서지는 물비늘 빛에 취해
비틀걸음 내닫는다.

뿌리에서 갓 나온 여리고 가냘픈 수련
아직은 보육이 더 필요하나 보다.
비틀거리는 봄바람에 짓밟혀
찢기고 꺾일까 봐
호수는 양수(羊水) 가득한 인큐베이터가 되고
빨간 수련 싹은 그 안에서 봄을 기다린다.

하이쿠 한 수 읊조려 볼까나.
'고요한 호수
발그레한 수련 싹
솟아라. 불쑥'

(2016. 3. 10. 물속 수련 싹을 보고)

동백나무

팽목항 동백꽃 앞에서

핏빛 진한 열정의 봉오리로
붉게 붉게 피어오르다
어느 순간 동백꽃처럼 뚝 떨어진
우리의 꿈둥이들!

바닷바람 거센 선착장에
갈기갈기 찢겨 흩날리는 노란 리본들,
그리움의 절규!
남은 자의 아픈 가슴이리라.

팽목항 기슭에 붉게 핀 동백꽃에
보고픈 그 얼굴들 수도 없이 어른거리네.
그대들의 슬픈 넋인가?
애끓는 가슴의 시뻘건 멍울인가?
핏빛 진한 동백꽃에 멍든 가슴 묻고
하늘만큼 바다만큼 울고만 싶네.

(2015.1.27. 팽목항에서)

흰동백나무

운림산방 흰동백

진도에 가거들랑
운림산방에 들려보게나.
아침저녁 들고나는 흰 구름 속에
첨찰산 언뜻언뜻 서성이는 산자락.
남화(南畵)의 화선(畵仙)들이
대를 이어 둥지 튼 곳.

눈 내리는 한겨울에도
단심(丹心)의 붉은 동백 횃불처럼 피어나고
일지매 매화 향 눈발 속에 그윽한 곳.
여귀(女貴)골 하얀 선녀
화선 찾아 마실 나와
운림(雲林)골 문전에서
다소곳이 웃음 보내네.

아!
미소처럼 피어나
꽃비처럼 내려앉는
운림산방 흰동백꽃.

(2015. 2. 27. 진도 운림산방에서)

*여귀산(女貴山) : 진도군 임회면에 있는 높이 457m 산

가지복수초

복수초의 꿈

길고 깜깜한 어둠 속에서도
저버림 없는 간절한 소망 있기에
찬 기운 채 가시기 전에
피워 올린 애절한 환희.

마라톤 전투의 승전보를 전하고
장렬히 산화한 아테네 병사처럼
꽃샘추위와 설한 풍파에
상하고 타들어 가는 꽃잎으로
봄소식 전하는 슬픈 미소.

잔설(殘雪)에 묻히고
꽃샘바람에 파르르
애달픈 꽃 이파리는
춘삼월 햇살에 나비를 그린다.

(2015.2.14. 동해시 냉천 공원에서)

가지복수초

일산호수 복수초

이른 봄 환한 미소
호숫가 복수초
하롱하롱
봄바람에 아른거리고.

보고픈 마음 호수보다 넓고
그리운 얼굴 꽃보다 고와
다가오는 그 얼굴
눈을 떠도,
감아도
꽃 위에 어롱지네.

(2015. 2. 25. 일산호수 변에서)

가지복수초

복수초

파르르 떨리는
가녀린 꽃 이파리
스치는 바람 아직 차가운데
나오고 싶어 나왔을까?
피고 싶어 피었을까?
삶은 의지(意志)라지만
생은 무의지(無意志).

함께 노닐 벌 나비도 없고
이웃에 풀 한 포기도 없는
황량한 벌판에
제 몸도 미처 못 추스른 채
밀어 올린 황금빛 환한 미소.

무정(無情)에 비정(非情)한
꽃 피움인 듯 여기면서도
'봄의 전령 복수초'라 반기고 즐기니
무정에 비정도 하고나.

설한 풍파 시달림 속에
피고 져야 하는 복수초.

(2016. 3. 10. 찬바람 속에 피고 지는 복수초를 보며)

보춘화(춘란)

정월(正月) 춘란에 부쳐

새해 벽두라 봄기운 아득히 멀고
볼을 스치는 바람도 사나운데
한기(寒氣) 아직 가득한 호젓한 산속에서
널 기리며 저리도 청초한가?

심지 곧은 선비의 단심 어린 필선(筆線)인가
거침없이 뻗어 나는 맺힘 없는 잎줄기는
단기필마 내 닫는 충절의 기상이어라.

한데 모여 피어나는 단아하고 곧은 모습
지난 세월 고이 안고 새 꽃망울 가다듬어
찾는 이 없어도 꽃 향을 피워내는 고매한 한살이.

애증도 떨어내고
추웠던 아픈 기억도 사르고
은인자중(隱忍自重) 피고 지는
너처럼 살리라.
향기롭게 살리라.

(2016. 2. 13. 무등산 운림골에서)

보춘화(춘란)

춘란(春蘭)

숨은 듯 감춘 듯
그늘에 숨기운 고운 매무새.

도톰히 피어나는
해맑고 고운 육질의 꽃잎이
되레 요염하기 그지없다.

여린 듯 맑은 꽃잎 살에
봄빛 내려앉고
춘란은 햇살 품어
봄을 피워 올렸다.

말 못한 내 사랑도
이렇게 피었으면 싶다.

(2014. 3. 22 무등산에서)

대엽풍란

풍란(風蘭)을 보며

아늑한 땅 두고
나무에 붙어
매어 사는 고달픈 삶.

기생살이도 아니면서,
스스로 살아가면서도…
위태위태 높은 가지에
엉켜 붙어 살아가는
숨 가쁜 삶.

홀로 꽃 곱고 향 맑아
함께 할 수 없음인가?

안 살아보고는 모른다.
이렇다 저렇다
말할 수는 있어도
알지는 못한다.

살아보지 않은 남의 삶
말은 할지언정
안다고는 하지 말자.

풍란의 속뜻 따로 있듯
우리 삶도 각기 다른데
누가 남의 삶을 아는 체하는가?

(2014. 6. 8. 제주 난대림 숲속에서)

앵초 꽃 더미

얼어붙고 메마른 산천에
봄 햇살 찔끔찔끔
잔설 녹이는가 싶더니만
언덕에 파릇파릇
새싹 돋는가 싶더니만.

누가 그어댔나?
쭈-욱!
당성냥 한 통!
성냥 알 가득 앵초 꽃망울
확! 불붙어 부렸네.
내 가슴에 봄 불 옮아 부렸네.

(2014. 4. 30. 강원 홍천의 산골짜기에서)

설앵초

본디 나의 것 아니거늘(설앵초를 마주하며)

한라산 윗세오름
다소곳이 숨어 피는 설앵초!
수줍음에 숨어 바람에 떠는 데
오는 이 가는 이
만인이 눈 맞춤이다.

누구인들 어쩌랴!
언제나 반겨주며
웃음 짓는 설앵초.

만인 사랑 네 모습에
시기하는 마음은 왜 이나?
본디 나의 것 아니거늘.

내 사랑 내 꽃이라고
내가 믿는 한 나의 꽃이요
내 마음 그대로인 한
영원한 나의 꽃이거늘.

너와 나
우리 사랑도 그러하다.

(2014. 6. 7. 한라산 윗세오름에서)

설앵초

한라산 설앵초

바람 속에 태어나
눈 속에서 자랐다.

이슬에 목축이고
별빛 그리며 살았다.

오늘 비로소 그대를 맞이하오.

앵도빛 환한 미소에
나는 그만
설앵초 위에 엎어져 버렸다.

(2015. 5. 10. 한라산 윗세오름에서)

활짝 핀 얼레지

기다렸는데
긴긴날 손꼽아가며
보고팠는데
맨날 맨날 그리며

꿈쩍도 않더니만
기척도 없더니만
어디에 꾹꾹 숨겨 두었나.
저 화려하고 농염한 빛깔.

봄 햇살 깜짝 사이에
화사한 머릿결 뒤로 젖히며
노도처럼 달겨드는 저 불꽃.

숨이 막힐지라도
가슴이 터질지라도
마주하는 이 순간을
기다렸다
보고팠다
활짝 핀 나의 얼레지.

(2016. 4. 5 천마산 얼레지 앞에서)

산자고

오름에 핀 산자고

텅 빈 듯한 무릉동산,
무한 꿈을 펼치라고
광활한 하늘이 열려 있는
오름 언덕에
외롭고 화사하게 피어난
산자고 한 송이.

푸른 초원에 숨어
애틋해 보이고
그래서 더욱 아름답다.

넓은 초원,
높맑은 푸른 하늘 아래
외로이 핀 한 송이 산자고는
내 가슴에 안기고
나는 봉긋 솟은
너름한 오름에 안긴다.

(2016. 4. 9. 제주도 백약이오름에서)

모데미풀

모데미풀

별빛도 파르르 추위에 떨고
얼음장 사이로 수정 옥류(玉流)가
맑고 청아한 봄 소리 키우는
잔설이 널브러진 심산계곡.
숲속의 기품 있는 하얀 요정이
홀연히 피어나 마음을 사로잡는다.

적막과 침묵만 흐르는 계곡
가녀린 봄 햇살 새어들자
쫓겨 가는 찬바람 속에서
떠밀리다 멈춘 듯
봄바람 타고 와 돌부리 휘어잡고
살포시 고개를 들었다.

푸른 희망 부푼 연초록 치마에
학처럼 고개 내민 기다림의 꽃,
눈 시리게 하얀 순명의 꽃,
슬픈 추억 안고 임 기다리다
바람 따라 사라지는 바람의 꽃이다.

(2016. 4. 13. 광덕산 계곡에서)

정향나무

꽃밭서들 정향나무

자주는 아니지만
올 적마다 눈 맞춤하던 너.

시난고난 세월 속에
야위어만 가니
다시 볼 수 있으려나
너를 염려하다가도
다시 여기 올 수 있으려나
나의 염려로 옮아가는구나.

너도, 나도
세월 흐름 속에 시난고난
사그라져 가겠지만
있는 동안이나마
서로의 위안과 힘이 되도록
향과 빛을 모두어 쌓으며
기다림 속 그리움을
기쁨으로 맞이하자꾸나.

꽃밭서들 정향나무
그리고 나는.

(2015. 5. 4 주왕산 꽃밭서들 정향나무)

피뿌리풀

오름 능선 피뿌리풀

넉넉하게 벋어 오른 푸른 봉우리
오름 등성이 선(線) 고운 마루금에
영혼의 불빛처럼 피어나는 꽃송이.
진초록 잎새와 붉은 꽃망울이
고이 감싸 안은 하얀 속마음

몽골군 말발굽에 짓밟힌 삼별초의 얼,
역사의 소용돌이에 휩쓸려간 슬픈 넋,
핏빛 서린 한 삭혀 피워 올린 망울인가.
순수의 결백을 핏빛 망울에 담아
백설처럼 하얀 속마음 펼치고
핏빛으로 이울어가는 슬픈 정열.

하늘의 오색 빛도 주저앉아 쉬어가고
태평양 건넌 바람도 휘돌아 맴도네.
흐르는 바람 따라 솟구치는 한 맺힘
탈대로 다 타고 사그라지려는가?
이제는 한두 뿌리마저 보기 힘든 슬픈 넋.
한 서린 세월일랑 오름 곡선에 매어두소서.
굴레 벗은 말 한 마리 오늘따라 한가롭다.

(2016. 5월 제주의 오름에서)

털진달래

윗세오름 털진달래처럼

세월 속 긴긴날
그리움과 막막함이 겹치고
거친 벌판에서
목 놓아 울고 싶을 때

파란 꿈이 빛바래가고
어느샌가 세월 흘러
되돌아보는 날이 늘어만 갈 때

털진달래 붉게 붉게 번지어 가는 날
황량한 윗세오름 벌판에 올라
하얀 물보라 솟았다가 사라지는
한라 앞바다 거친 파도를 바라보며
한 번쯤은 실컷 울어보고 싶다
목놓아 불러보고 싶다.

대답 없는 나의 젊은 그림자를,
빛바랜 지난날의 붉은 마음을.

앙상하게 벗어버린 윗세오름 벌판에
털진달래 붉은 물결 되풀이 피어나듯
메마른 가슴 속 새봄을 기리며.

(2016. 5월 한라산 윗세오름 남벽에서)

초종용

보랏빛 미소, 초종용

갯내음 물씬한 바닷가 기슭
가없는 바다 끝 수평선 바라보며
절절한 기다림, 망부석처럼 우뚝 서서
설레는 그리움에 애타는 보랏빛 미소.

가물가물 아득한 수평선 너머
밀려오는 파도 소리에 가슴 설레며
행여나 돌아올까 곤두선 기다림.
뿌리 깊은 외로움 못 이겨
사철쑥 더불어 살아갑니다.

지독한 그리움에 외로움 더하니
더불어 사는 삶을 피할 수 없음은
살아 있음의 증표인가 봅니다.

(2016. 5. 8 제주도 해안에서)

갯무

협재 해변 갯무꽃

파란 하늘도
초록빛 비양 산마루도
흐드러진 갯무꽃 무더기도
퐁당 바다에 빠졌네.

초록빛 앞바다에
물질 나간 비바리가
갯물 뚝뚝 듣는 머리에 갯바구니 얹고
금세라도 불쑥 나올 듯한
갯무 꽃길.

갯무꽃 더미에 꽃바람 이네
비양섬 그리메도
묵은 가슴에 그리움도
꽃바람에 흔들리네.

푸른 봄날에 가슴 휘젓던
젊은 날의 꽃 그림도
초록빛 바다 위에서
꽃바람에 흔들리네.

(2015. 5. 9 협재 앞바다에서)

부채선인장

선인장 여정(旅程)에 부쳐

멀리 이 세상 반대편
멕시코에서 왔단다.
어떻게, 어찌어찌
이곳까지 왔을까?

손도 발도 없이
짭짤한 바닷물 타고
흘러 흘러 제주까지 오는데
하 많은 세월이 흘렀을까?

여기서 자란 후세들은
또 어디로 가고 있으며
어디로 갔을까?
이곳이 종착지는 아닐 터.

화려해라, 꽃 피우거라.
끈질기게 지금을 살아 넘겨라.

우리네 가는 길도 다를 게 무언가?
천 년인 듯한 오늘 하루도

가도 가도 끝없는 여정의
한순간일 뿐이요
잠시 머무름일 뿐인 것을.

(2015. 5. 9. 제주 한경해변에서)

장미

6월의 장미

장미에서는 보지 못했다
상큼한 풋 내음과 숨은 듯 감춘 수줍음을
질기고 억척스러운 강인한 생명력을
그래서 척박한 산야의 풀꽃이 좋았다.

그래도 장미는 장미였다
농염한 색깔과 수려하고 화사한 요염 덩이
온갖 격식 속에 잘 다듬은 귀티 나는 꽃
살가운 친근감이 들지 않아 앵글 밖에 두었는데.

6월의 햇살 아래 눈부시게 피어난 장미
오늘 보니 역시나 장미는 꽃의 여왕이었다.
가까이하기에는 너무도 먼 꽃의 여제(女帝)였다.

(2016. 6. 3 서울 올림픽공원 장미원에서)

애기도라지꽃

청잣빛 푸른 하늘이
잠기어 있다.
주고받는 사랑도
품고 있다.
앙증스레 작은 꽃 한 송이.

귀히 귀히 찾아야만
드러내는 꽃!
알아주는 이의 가슴 속에서만
소롯이 피어나는 꽃

귀히 찾아야만
알아주어야만
비로소 다가오는 사랑,
바로 그런 꽃이다.

(2014. 6. 6 제주도에서)

방울새난

방울새난의 꿈

헝클어진 덤불 속에
그냥저냥 더불어 사는 방울새난.

뻗어 올린 오직 한 줄기
혼신의 푯대 끝에
청순한 하얀 가슴과
한 점 붉은 마음 떠웠다.

지는 순간까지 가슴 털지 못하고
오직 하늘 향한 간절한 기도.

높고 너른 하늘만큼의 뜻도 아닌
찧고 까부는 방앗간 참새의 수다도 아닌
하찮은 듯싶지만 소중한
사소해 보이지만 절박한
가슴 속에 품은 꿈.

없는 듯 드리운 삶의 무게를 안고
더불어 부대끼며 살아가면서도
소박한 꿈을 간절히 구하는
갑남을녀 민초(民草)의 모습을 닮았다.

열듯 못 여는 가슴,
오직 하늘 향한 간절한 바람으로
못다 피우고 사그라지는 방울새난의 꿈.

(2016. 6. 8. 신안군 하의도에서)

43

치자나무

치자꽃 어머니

보슬비 내리는 초여름!
툇마루 걸터앉아 바라본 치자꽃.
하얀 저고리에 흰 수건 동여맨
내 어머니의 젊은 날 초상을 본다.
두터운 하얀 꽃에 눈이 부시고
파고드는 꽃 향에 가슴 시려라.

하얀 치자 꽃에 아롱진 빗물!
여섯 아들 속앓이에 가슴 태우던
젊은 날 내 어머니의 꽃 눈물 같다.

도톰한 꽃 이파리에 은은한 맑은 향!
오늘따라 어머님이 그립습니다.
불초자 눈에도 이슬이 아롱집니다.

(2015. 6. 9 광주에서)

끈끈이귀개

끈끈이귀개를 보며

활짝 핀 한 송이 맑은 꽃!
밤새 키워 올린 하얀 꽃망울.
새 아침 맞아 톡톡 터뜨린다.

아침 햇살에 반짝이는
맑고 고운 꽃잎과 꽃이슬은
유혹의 미소와 달콤한 향기다

삶을 위해 어찌할 수 없이
삶의 덫을 놓는 저 꽃!

산다는 것은 모두가 투쟁
한 끼의 먹거리와 욕심 때문에
살아 있는 모든 생명은
오늘도 끝없는 투쟁을 한다.
미소와 애교, 힘과 위협으로.

어디까지가 천명(天命)이고
어디까지가 욕심일까?

(2016. 6. 9 끈끈이귀개 앞에서)

조릿대

조릿대 꽃

숲 바닥에 깔린 낮은 몸이지만
결기 곧은 대나무이다.
죽는 것이 사는 것이다.
다시 태어날 후대에 모든 것 맡기고
훌훌 미련 없이 떠난다.

삶터에 돌려주는 혼백의 씨앗,
조금만 남겨주오!
희망을 걸 뿐
미련은 없다.

지난 삶은 꽃이 되어
이제껏 살아왔음에 감사하고
옛 존재는 사그리 일시에 사그라진다.
다가오는 신천지를 위하여,

꽃 피우는 조릿대여!
무엇을 말하려 함인가?
그 뜻을 여직 몰라 오늘도 헤매노라.

(2015. 6. 13. 대승령 조릿대 꽃 앞에서)

만병초

설악의 만병초

이름부터 영험하다.
별빛 달빛 벗 삼아
태고의 신비 속에
바람처럼 이어 온 삶.

햇살에 안개 퍼지듯
있되 없는 듯 설악에 떨군 향기!
전설과 신비 묶어
피워 올린 꽃망울!
나, 오늘
신비를 보았네.

어찌 견딜꼬.
영험하고 신묘함에 탐을 내어
찾는 자 수도 없이 많은데…

설악 신령께 간구하노니
욕심 있어 좋아하는 자
눈 밖에 나고
혼을 보고 사랑하는 자

눈 안에 들어
장생의 삶을 누리도록 하소서.

바람처럼 흔적 없이
구름 따라 흐르는
설악 길손의 염원입니다.

(2015. 6. 13 설악 대승령에서)

백리향

깊은 산 높은 곳에
별빛 따라 새어들고
달빛 속에 커지는
태산 같은 그리움.

피어나는 붉은 마음
연분홍 꽃송이에 띄워 봐도
발길 않는 무정한 임이여!
차라리 향이 되어
임 곁에 사르리라.
골골이 흐르는
짙고 맑은 고운 향!

앙큼하게 작은 그 자태에
그리도 진한 그리움 품었던가?

열 길 물속 알아도
한 길 사람 속 모른다더니
한 치도 안 되는 너의 속은
더더욱 몰랐어라.

백 리에 번지는 향이
절절한 그리움인 것을.

(2014. 6.14 석병산 정상에서)

자귀나무

자귀나무 꽃 춤

6월 하늘 아래
수천 연분홍 꽃나비
하늘 향해 하늘하늘
꽃 춤을 춘다.
하늘이 발그레 곱게 물든다.

초록빛 땅 위에
수천 연분홍 꽃송이
땅으로 하롱하롱
꽃비 되어 내린다.
바닥이 발그레 곱게 물든다.

하늘엔 꽃춤
땅엔 꽃비

하늘, 땅 금슬 좋아
올 한해도 풍년 드소서.

(2015. 6. 16 서울 올림픽공원에서)

연꽃이 피거들랑

연꽃이 피거들랑
귀띔이나 하여 주오.

보고픈 맘 항시이지만
차마 말 못 하고
연꽃 본다 둘러대고
그리로 가오리다.

핑계야 꽃이지만
가슴에 숨긴 임
피어나는 연꽃 위에
얹어두고 보오리다.

(2015. 7. 5 연꽃 피는 호수에서)

덕산기 계곡의 복사앵도

복사꽃, 앵도나무
이름만 들어도 정겹다
곧장 어릴 적 고향으로
나를 빠져들게 하는 이름이다.

혹여나 했던 복사앵도를
심심산골 덕산기 계곡에서 만났다.
잎 모양과 열매 크기는 앵도나무
꽃과 열매는 복사꽃을 빼닮은 나무이다.

복사꽃도 앵도나무도 중국 전래종인데
사랑 찾아 야반도주한 피안의 계곡,
별천지에서 꽃 피운 사랑의 결실인가?
극심한 가뭄에 산천은 목마른데
복사앵도 열매가 앙증맞게도 곱다.

정분 좋은 사랑은 갖은 고난에도
곱고 튼실한 결실을 보는가 보다
덕산기 계곡의 복사앵도처럼.

(2015.7.11. 정선 덕산기 계곡에서)

등대시호

등대시호

만생(萬生)이 오가는
번잡 속세 벗어나려
오르고 올랐다.

거센 비바람
옹골차게 맞서려
낮추고 낮추었다

허허로운 고산 암봉(岩峰)에 올라
가장 낮은 엎드린 자세로
먹 하늘 맑은 별빛 아래
새벽이슬에 목축이며
우주를 향해 피워 올린 기도.
곱고도 맑은 당찬 꽃송이.

어두운 천지에 불 밝히듯
등잔에 피워 올린 황금 꽃심!
등대시호의 미소를 누가 알랴.

(2014. 7. 12 남덕유산 암벽 철 계단에서)

참나리

참나리 꽃 피는 7월이면

7월의 따가운 햇살이
치솟는 화산처럼 천지를 달군다.
만물이 화끈 달아오른다.

참나리 꽃망울도 불꽃 터지듯
송이송이 화끈하게 피어난다.
꽃 치마를 발랑 뒤집어 까고
유혹의 꽃술을 길게 내뻗는다.
내 가슴에 불을 지른다.
뜨겁게 달아오른다.

참나리 꽃잎에 얼룩진 흑반(黑斑)처럼
심장의 붉은 핏방울 검게 타도록
뜨거운 사랑에 빠지고 싶다.
새겨둔 그리움
절절히 파고드는 간절함
까만 재가 되도록
화끈하게 불태워 보고 싶다.
참나리 꽃 피는 7월이면.

(2015. 7. 17. 참나리꽃 앞에 서서)

나도샤프란

보은(報恩)의 나도샤프란

불타던 바닷가 쓰레기장 귀퉁이
마른 가지 솔잎 위에서 시들어가는
내 던져진 생명체가
필사의 몸부림으로 피운 꽃 한 송이
여린 내 가슴에 아리게 파고들었다.

하 애잔하고 처절하여
가슴에 품고 온 알뿌리 하나.
정 주고 마음 담아 내년에 꽃 필까?
간구(懇求)하는 심정으로 화분에 심었더니
아! 글쎄,
오늘 아침 기적의 꽃을 피웠네요.

지난 꽃은 생을 고별하는 마지막 꽃!
이번 꽃은 새 삶을 보답하는 보은의 꽃!
네가 내 가슴 읽었구나.
살 떨리게 고맙구나.

내 사랑하는 고마운 이들에게
네 알뿌리 두루두루 전하리.
마음 읽어 꽃 피우는 보은(報恩)의 나도샤프란.

(2016. 7. 28 보은(報恩)의 나도샤프란)

금강초롱꽃

우리 금강초롱꽃

하늘에 아스라이 흰 구름 날면
땅 위엔 청잣빛 금강초롱 불을 밝힌다.

작달 마한 몸체에 큼직한 꽃
당찬 품새에 고매한 아름다움
뀀 없고 접힘 없는 천의무봉 통꽃이여!
숭엄한 완벽미가 전율처럼 번지는
세상에 하나뿐인 우리 금강초롱꽃.

맞닥치면 황홀경에 홀딱 마음 설레고
다시 보면 서러운 사연에 가슴 저미는 꽃.

기다란 통꽃 자락 깊은 화심(花心)에
깊숙이 묻어둔 못다 삭인 응어리
심지 돋워 아픈 세월 불사르듯
슬픈 사연 곱게 태워 청사초롱 불 밝힌다.
별빛 함께, 깊은 산 속 외로운 금강초롱꽃.

(2016. 9. 11. 경기 가평 화악산에서)

자주쓴풀

자주쓴풀 꽃

나는 보았네
호젓한 풀숲길에서.

내 어린 시절 옆집 순이가
하얀 수틀에 정성스레
한 땀 한 땀 피워내던 꽃.

깔끔하고 단아하게
봉곳이 피어나는 꽃.
소박한 듯 화사해서
범접할 수 없네.

가을 햇살 번지는 저녁놀에
연보라 맑은 빛으로
하늘 바라 짓는 미소
아! 바로 그 꽃!

이 가을 저녁놀에
순이도 지금 나처럼
세월 따라 익어가겠지.

(2015. 10. 1 남한산성 풀숲길에서)

갯개미취

선유도 갯개미취

파란 하늘 아래 넓고 푸른 바다
무녀도 바닷물 가득 밀려와
선유도 하늘, 땅이 온통 쪽빛,
연보랏빛 갯개미취는 보이지도 않더니만.

뒷걸음질 손주 녀석 아장걸음처럼
살살 물 빠져나간 개펄 바닥 해변에
비로소 돋보이는 하늘하늘 꽃봉오리.

꽃 앞에 펼쳐진 시커먼 개펄 땜시
갯개미취 고운 빛 도드라지고
꽃 너머 무녀도 하늘빛 더욱 파래
한들거리는 가녀린 꽃대가
간절한 간구로 몸살 떠는
무녀의 춤사위만큼 섧고도 곱다.

굽이굽이 개펄 물길 따라
끝없이 이어지는 간절한 바람 안고
휘어 뻗는 춤사위인가?
아픔도 그리움도 한데 모은 듯

섧고도 고운 꽃 춤을
쉼 없이 추어대는 선유도 갯개미취.

(2014. 10. 4 군산 선유도 해변에서)

땅귀개

땅귀개 꽃

악(惡)의 꽃이 화사하다.

여리고 화사한 땅귀개 꽃
타의 생(生)을 낚아채는 발뿌리 딛고
화려한 미소로 손짓한다.

노랗게 피워내는 환한 미소 뒤에
어둡고 음습한 생의 노략질이 있다.

민중의 피를 먹고 민주주의 꽃피듯
나약한 물벌레 삼켜 먹고 피워낸 꽃이다.

어둠이 있어야 밝음이 있듯
악(惡)도 있어야 선(善)이 있나 보다.

자연 속 선악과 명암은
공존하는 것인가 보다.
우리네 세상이 그러하듯이.

(2016. 10. 9 황금산 땅귀개 꽃을 보며)

물억새

바람과 억새

차가운 바람이 분다.
얼어붙은 땅속에 여린 새싹은
추운 바람 속에 홀로 내던져졌다.
억새는 태어났다. 흐르는 바람 따라.

세찬 바람이 분다.
자라나는 잎새와 피는 꽃도
거센 폭풍우 속에 온통 뒤흔들렸다.
억새는 자라났다. 흐르는 바람 속에.

하얀 바람이 분다.
솜털씨앗 영글은 가녀린 꽃대는
가을바람 따라 사각사각 닳는다.
억새는 노래한다. 흐르는 솜털 날리며.

세상 바람이 분다.
아등바등 세파에 던져진 내 삶도
수난과 시련 속에 닳고 몽글었다.
이제는 노래하련다. 흐르는 세월을.

(2015. 10. 10 거제도 해변의 억새와 함께)

회화나무

빈 하늘 회화도

백설이 천지에 가득하니
소나무의 푸른 기상이 가상(嘉尙)하고
설한(雪寒)에 초목이 자지러지는 때
매화꽃 맑은 향이 봄을 불러오더라.

추풍낙엽에 하늘이 휑한데
거침없이 솟아나 자유분방 그어대는
회화나무 빈 가지 필선(筆線)이 곱구나.

잎새 난무할 때 숨은 듯 꽃 피우더니
창공 허허로워 쓸쓸한 만추(晩秋)에
일필휘지 그려내는 호방한 하늘 그림
만고 고적(孤寂)할 때 드러나는
우국충정 선비의 뜻이런가.
회화나무 빈 가지, 하늘에 곱다.

(2015. 11. 21. 성균관 명륜당 앞마당에서)

달뿌리풀

두물머리 달뿌리풀

아침 햇살 살포시 깔린 두물머리 강변
발돋움 목 빼어 물 끝 먼 하늘
한 점에 모은 기다림이여.

가녀린 몸매, 흔들리며 흔들리며
기다림에 메말라가는 갈색 대궁
밤새 사각거리는 신음은
닳고 부서져 사그라져가는
달뿌리풀 대궁의 한숨이었나 보다.

어룽진 물그림자처럼
어른대는 보고픈 얼굴
햇살 받은 물비늘처럼
번뜩이는 보고픈 마음
삭히지 못한 그리움을 어이할거나.

세월도 그리움도 섣달에 묻어가거라.
하염없는 손사래 접을 수 없어
오늘도 사각사각 앓고 닳아가는
두물머리 달뿌리풀.

(2014. 12. 07 섣달 한강 상류 두물머리에서)

달뿌리풀

몽그는 눈 속의 달뿌리풀

풀숲 사이로 새어드는
크고 작은 온갖 바람
들고나는 바람마다
그리움의 손짓인 양, 작별의 아쉬움인 양
쉴 새 없이 몸 흔들며 애환에 흔들렸다.
쉼 없이 만나고 헤어지는 우리 삶의 애증처럼.

적적한 고요 속에 흰 눈 무거우니
비로소 적멸의 묵상에 잠긴다.

바람 따라 시나브로 몽글어가는
달뿌리풀의 잎과 줄기처럼
잊히고 사그라져 가는
메마르고 겨를 없던 내 삶의 지난 세월.
산마루 장송(長松)처럼 무겁게만 살았구나.

푸른 세월 지나가고 흰 눈 덮이니
모두가 한결같은 쉼과 정적(靜寂)인걸
그리도 안달 대며 애면글면 굴었던가
겨를 없이 허둥댔던 지난 세월을.

(2016. 1. 15 몽글어가는 눈 속의 달뿌리풀을 보며)

속새

설중(雪中) 속새

화려하고 향기로웠다
곱고 달콤했다
이제는 사라진
지난해의 꽃과 열매들.

한 해 삶의 찌꺼기와 허물들만이
어지럽게 널브러진
주검 같은 침묵의 겨울 숲속,
아픈 상처 감싸려는 듯
눈은 내리고 쌓여
어둠과 상처와 아픈 과거를
하얗게 묻은 설중 숲속.

세월 망각의 하얀 무덤 뚫고
설중 숲속에 솟아나는
철심(鐵心) 같은 생명 줄기.
꽃도 아닌 것이
풀도 아닌 것이
내로라 뽐내던 온갖 것 묻히니
눈 위에 비로소 자태를 드러낸다.

하늘 떠받친 기둥 줄기 어디 두고
아름드리 몸체는 전설에 묻었는가?
길고 가느다란 속 빈 줄기 되어
질기고 모질고 끈질기게 이어 온
속새의 사억 년 세월.

그 세월 보란 듯
그 인고(忍苦)의 한(恨) 맺힘인 듯
순간의 영화(榮華)란 부질없다는 듯
눈꽃 백설에
쇠꼬챙이 생명처럼 피어난다.

(2015.1.12. 평창군 장군바위 산에서)

먼나무

먼나무와 피붙이

먼나무 이름을 물어본다.
무심한 듯 속뜻이 있고
무정한 듯 유정한 피붙이처럼
이름 몰라 궁금함에 그 이름 부르니
먼나무는 이미 나의 꽃이 되었다.

먼나무를 바라본다.
창창(蒼蒼)한 푸른 잎새에
따스움 멀어 보여도
한겨울 추위에 매단 시뻘건 불꽃 망울들
보기만 해도 가슴이 활활 타오를 듯하다.

피붙이를 돌아본다.
모른 채 있어도 육감은 하나다.
무심한 듯 지내지만, 유정이 천 리이고
차가운 듯하지만,
골육지정은 불같이 뜨겁다.
피붙이란 이런 것이로구나.
먼나무 아래에서 생각나는 피붙이,

하늘이 맺어준 혈육지정을
공익을 위한다며 결연히 끊고
망상에 휘둘려 접근조차 금하는
떨거지 사이의 얄팍한 정이 아니다.
피붙이 사랑이란 시작만 있을 뿐이다.

(2016. 12. 28 한 해를 보내며)

제2부

타는 그리움

– 가슴에 묻어둔 사랑 있네

누구나 하나쯤
가슴에 묻어둔 사랑 있어

곁에 두고서 먼 그리움으로
바라보아야만 하는 사랑
기다리는 봄처럼 멀기만 하다.

매실나무

봄꽃은 작작(灼灼) 피어나는데

누구나 하나쯤
가슴에 묻어둔 사랑 있어
봄인데도 휑한 바람 잠들지 않는다.
그리움은 뜨겁게 달아 오는데.

곁에 두고서 먼 그리움으로
바라보아야만 하는 사랑
기다리는 봄처럼 멀기만 하다.
봄꽃은 작작(灼灼) 피어나는데

바람처럼 떠나가야지
끝없이 펼쳐지는 봄 길 따라
평생 안고 갈 그리움 두고.

흐드러지게 피어나는
봄꽃이 울고 있다.
마른 심장에 모닥불 지핀다.
휑하니 비워버린 가슴 속에서.

(2016. 3. 14. 봄꽃은 작작 피어나는데)

예쁜 들꽃을 보려거든

이른 봄 피는 꽃이 그냥 피더냐?
한겨울 눈바람 속 여린 꽃눈이
까맣고 긴긴 겨울밤 기다려 핀다.

한 송이 예쁜 들꽃을 보려거든
거친 들판에 선 그 꽃의 숱한 시련과
긴긴 겨울밤의 깜깜한 기다림을
애잔한 마음과 고운 눈으로 돌이켜 보아라.

애정 없는 의붓어미 눈에
의붓자식이 어찌 곱게 보이겠느냐?
한 송이 예쁜 들꽃을 보려거든
사랑스러운 마음에 보는 눈도 고와야
작은 들꽃일망정 네 가슴에 이쁘게 피리라.

(2014. 1. 4 애잔한 한겨울 꽃다지)

노루귀

낮추라 눈높이

내려다 만 보았다.
발밑에 밟히는 들풀.

앉아, 무릎 꿇고,
아님 엎드려서 본다.
비로소 드러내는
풀꽃의 오묘한 팔등신(八等身).

들판의 요정(妖精)을
이제야 만나 본다.

낮추라 눈높이.
엎드려 쳐다보라.
세상만사가
아름다워 보이리라.

(2014. 4. 5 남한산성에서)

진달래

참꽃 가스나그

배고픈 봄날
허기진 길짐승처럼
왼 종일 산과 들 함께 헤맸지.

삐비 뽑고, 찔레 꺾고
입술 파랗도록 참꽃 따 먹던
옆집 참꽃 가스나그
붉은 볼 파란 입술이 참 이뻤지.
가슴 봉곳 철들더니만
고픈 배 못 참겠다고
서울로 떠났었지.

지금은 어느 하늘 아래
재롱떠는 손주 앞에 두고
참꽃 물든 파란 입술 까마득히 잊은 채
주름진 얼굴에 환한 웃음꽃 피우려나?

젖은 참꽃의 붉은빛 더해지듯
세월의 주름 속에 보고픔도 더해가네.
빗속에 번지는 산비둘기 울음소리

오늘따라 내 가슴을
징하게도 흔들어 싸는 데.

(2014. 4. 22 백암산 진달래꽃길을 넘으며)

발길 따라

그리움 땡겨
발길 따라나선 곳.
설렘 안고 다가가
맴돌다 맴돌다
빈 하늘만 쳐다보았다.

휑하니 빈 호수에
쌓인 그리움만 풀어놓고
발길 돌려야만 했다.
본디 내 사랑 아니기에.

되돌아서는 외로운 발길
쌀쌀한 호수 바람이
등 떠밀고 따라 나섰다.
따라 오는 바람이 차기만 했다.

(2014. 10. 9 가을날 일산 호수에서)

백목련 (원예종)

꽃, 그대!

별은
꿈이다.
멀리 있어
아름답다.

꽃, 그대!
바로 너다.
곁에 있어도
마냥 보고 잡다.

(2015. 4. 8. 백목련 아래에서)

조령

봄빛 유혹

연둣빛 파르라니 휘감은 산천에
싱그러운 햇살 고이 퍼져 나고
산복사, 산벚이 화룡점정이니
아찔한 봄빛 유혹(誘惑)에
열리고 부푼 가슴 어이하나요.

인생 사십이면 불혹(不惑)이라는데
꽃 내음 풀 내음에
미혹(迷惑)되는 여린 마음,
사십을 훌쩍 넘고 또 넘었지만
아직도 휘둘리는 춘심 몸살이여!

멍들고 지쳐 쓰러질지언정
봄빛 유혹에 끌리는 붉은 마음,
불혹이 자랑인가?
설렘에 떨며 가슴이 아려도
유혹 있어 행복하네.
미혹(迷惑)되니 청춘이네.

(2015. 4. 25. 봄빛 산천 유혹에 빠져 조령에서)

정릉

사랑아! 사랑아!

사랑아! 사랑아!
네가 무엇이기에
이다지도 아련하게
잡힐 듯 잡힐 듯
멀어만 가느냐?

살아생전 정 있어도 떼어놓고
죽어 사후 합쳐도 가르니
왕(王)인들 무엇 하며
정든들 무슨 소용?

부귀도 권세도
창공에 흰 구름.
흘러가면 그만 인걸.

긴긴 세월 홀로 누워
저승 하늘 떠돌며
필부필부, 초동급부
사랑 그려 헤매노라.
오늘도 파란 하늘에

흰 구름만 둥둥 떠가네.

(2015. 7. 17. 서울 정릉 앞에서)

사과를 따면서

넉넉하고 푸른 하늘 속에
도드라져 붉어 오는 빛 고운 사과
내 눈을 사로잡네.

동글동글 이쁘다 발그스레 고운 볼.
영락없는 너로구나 그리운 네 얼굴.
하~ 이뻐 쳐다만 보다가
손 뻗쳐 빙글 돌리니
쳐다만 보던 내 사랑, 손안에 안기네.
손에 들고 자세 보니 그 사랑 아니구나.

언제나 따 볼까? 사과 따듯 오늘처럼
언제나 자세 볼까? 손안인 듯 오늘처럼
그리운 사람아!

(2015. 10. 31. 영주에서)

나팔꽃

늦가을 아침에

찬 서리 내려앉는
늦가을 아침에
외로이 핀 나팔꽃 한 송이.

'내일 이 세상 끝날지라도
한 그루 사과나무 심겠다'는
철인의 가르침 없어도
스러지는 순간까지
종(種)의 대(代) 이음, 소명(召命)을 위한
늦가을 아침 저 꽃.

열매 아니 될 줄 번연히 알면서도
희망의 끈을 접지 않음일 터.

매사 늦었다고 탄식만 되풀이하는
지금 이 순간이
내일보다는 빠르다는 것을
모르는 이 없지만 행하지 못하는
여리게 살아온 나의 심지(心志)를
이 아침에야 본다.

(2015. 11. 5. 늦가을 아침에)

흐노니 옛사랑

먹 하늘은 달을 품고
밤바다 어둠엔 달빛 부서지니
출렁대는 물비늘이 곱기도 하다.

반짝이며 밀려오는 달빛 물결에
잊힌 그 사람 눈빛이 어룽지고
까마득하게 잊은 텅 빈 가슴에
빛살 그리움이 불을 켠다.

달빛 물결처럼 어른대는 네 모습
해묵은 그리움이 불을 밝히니
잊힌 네 얼굴이 샛별처럼 떠오른다.
새삼스레 그립구나, 보고 싶구나,
핏빛 진한 보고픔에 이 마음 휘둘리네.

이제는 그리움으로 가슴에 묻어야 할
윤슬처럼 밀려오는 흐노니 옛사랑.
허우룩한 이 마음을 뉘라서 달랠까?

(2015. 11. 29 고성 마차진 항 금강산콘도에서)

눈 덮인 숲속 벤치에

텅 빈 적막의 겨울 숲속
흰 눈이 아름 쌓인 숲 속 벤치
절절한 그리움 안고 앉아 있으면
발자국 없는 하얀 오솔길 따라
그리는 그 사람 올 것만 같다.

그리움 맴도는 하얀 숲속
눈 덮인 숲속 벤치에
이 마음 남겨둔 채
소녀처럼 맑고 이쁜
그이 올 때까지
마냥 기다려라.
일러두고 몸만 내려왔다.

푸드등 멧새가 날개를 친다.
보고픈 그 사람
바람 따라 오는가 보다.

(2016. 1. 15 장릉 습지 눈 덮인 벤치에서)

이렇게 흰 눈이 내리는 날이면

이렇게 흰 눈이 내리는 날이면
하얗게 펑펑 쏟아지는 날이면
일손 모두 놓고 나는 등신불이 된다.
흩날리는 눈발 속에 등신불처럼 서 있고 만다.

휘몰아치는 눈발 따라 눈알만 뒤룩뒤룩
안갯속 부연 은빛 세상을 날아
마음은 하늘 너머 고향 산모롱이를 헤맨다.

허름한 홑바지, 새끼줄 동여맨 고무신에
키만큼 한 작대기 움켜쥔 채
마을 형님들, 사랑방 머슴들 따라
토끼랑 고라니랑 발자국 쫓아
오르락내리락 산자락 훑으며
가쁜 숨 몰아쉬며 산야를 내달렸지.

뒷동산 솔가지에 부엉이 우는 밤
은하수에 걸친 반쪽 달은 은은하고
초롱초롱 아가별들 다정한 겨울밤에
불 깡통 휘두르며 쥐불 놓던 그 시절.

볏단 걷어낸 물 고인 얼음 논에서
찬바람 맞받고 썰매 지치며 뒹굴던 날
얼어붙은 손등 호호 불고
젖은 바짓가랑이 모닥불에 말리다 태워 먹던
그 시절 벗들이 눈발 속에 어른거린다.

다시는 오지 못할 머나먼 강을
이미 건너가 버린 선이
태평양 바다 건너 기억도 아물아물 한 순이
차창을 스치는 가로수처럼 들쭉날쭉 소식 주던 석이
무시로 무시로 떠오르는 니네들
지금은 어디서 이 눈발을 바라보고 있을까?
지금은 어디서 나처럼 늙어가고 있을까?
다시금 손짓하는 그 시절은 그립고
눈발 따라 등 떠미는 세월은 야속하구나.

이렇게 흰 눈이 내리는 날이면
하얗게 펑펑 쏟아지는 날이면
일손 모두 놓고 나는 등신불이 된다.
흩날리는 눈발 속에 등신불처럼 서 있고 만다.

(2016. 1. 26 흰 눈 펑펑 쏟아지는 날에)

매실나무

어쩔 거나, 달겨드는 이 봄빛을

어쩔 거나
날 차갑다
몸은 꾸무럭거리는데
달겨드는 이 봄빛을.

동백꽃, 꽃무릇은 사그라지고
상사화, 수선화 새싹은 돋고
홍매, 백매, 영춘화, 풍년화,
다투어 피어나니
오는가 싶더니만 이미 봄 깊었구나.
세한(歲寒) 내내 기다렸던 새봄이.

어디로 갈까나, 봄맞이를
남으로, 북으로?
남녘 바다, 고향 들판?
갈피 없이 헤매는
내 맘 속 봄바람.
보고픈 이 그리움도
덩달아 따라오네.

맞이할 남은 봄이 몇이나 되는고?
해가 갈수록 드세지는구나.
휘둘리는 춘심(春心) 몸살.

(2016. 3. 4 만연한 봄빛에 몸달며)

산도화 피는 여울

아지랑이 아른대는
봄 꿈길 같은 자드락길.
여울목 산도화 가지에
꽃망울 톡톡 피어나는 길.

여울 맑아 물소리 곱고
산도화 수줍어 빙긋 피는
여울목에 같이 앉아
꽃 한 번 쳐다보고
얼굴 한 번 쳐다보고.

이 말을 전해야지.
사랑한단 말 대신에.
'꽃보다 고와라.
발그레 두 볼
가슴 속 복사꽃
여울에 띄우리'

(2016. 3. 6 북한산 구기계곡에서)

꽃 홍수에 퐁당

햇살 내리쏟는 봄 벌판에
묶인 마음 다 풀었다.

다투듯 밀려오는 꽃물결
산천도 내 마음도 꽃 홍수에 퐁당.

노도 삿대도 다 버렸다.
네 멋대로 흐르려무나.

(2016. 3. 25 만연한 봄빛 홍수 속에서)

노루귀

청노루귀 피는 계곡에서

청노루귀 피어나는 호젓한 산골짝
바위에 걸터앉아 가만 귀 기울이니
산의 숨소리 이명(耳鳴)으로 울리고.

잔가지 사이로 흐르는 봄 하늘 흰 구름
미리내 별처럼 돋아나는 무수한 새움과
봉곳 솟는 앉은부채의 강기(剛氣)에 접하니
생기(生氣) 찬 봄날에 마음은 둥실.

빨간 립스틱 올괴불 꽃의 요염한 자태
발밑에 피어나는 가는잎그늘사초 꽃
눈곱만한 개암나무 빨간 암술
아! 휘황한 봄빛에 현기증 이는 춘삼월.

(2016. 3. 25. 청노루 피는 계곡에서)

신갈나무

마법의 담록빛 5월

어둑한 숲속
하늘 가리운 솔잎 사이로
새어드는 한 줄기 빛살이
신갈나무 이파리에 얹혔다.

그 순간 갓 피어난 새 이파리는
신데렐라처럼 변신하여
고혹(蠱惑)의 담록색으로 눈부시게 빛났다.

찬연하면서도 담담한
불타듯 하면서도 은은한
생령(生靈) 넘쳐나는 담록빛 이파리
천상의 고운 빛이다.
싱그러운 새 생명이다.

마법의 담록빛 낭자하게 피워내는
5월의 햇살은 생명의 빛이다.
그 빛 아래
나도 한 그루 나무가 되고 싶다.

(2016.5.14. 소백산 숲 속 고혹의 빛)

더하기의 비밀

하늘과 바다
섬과 안개
모으니 비경(秘境)이다.

적절한 어울림은 신비를 만든다.
우리의 만남도 그러하다.

(2016. 7. 7. 거금도 앞섬 시산도)

제3부

삶과 세월

– 무엇을 바라랴, 털고 벗고 버리거라

떨구고 비우니 무상의 세월 속
한 줄기 하얀 그림자인 것을.
그리도 붙잡고 떨며 몸부림이었던가?

자작나무 숲에서

눈부신 청잣빛 가을 하늘 아래
샛노란 단풍잎 그리도 곱더니
떨구고 비우니
무상의 세월 속
한 줄기 하얀 그림자인 것을.

한 점 꾸밈없는 순수
벌거벗은 몸통이 이리도 고울쏜가?
백옥같이 하얀 살결 무늬
따스한 정감이 뚝뚝 묻어나는
순백으로 빛나는 해맑은 영혼이어라.

벌거벗은 하얀 몸통
속속들이 드러내고
스치는 바람에 내맡긴 채
팔 벌려 하늘 섬긴 하얀 겸손
맑고 고운 정령(精靈)을 보았네.

무엇을 바라랴
무엇을 감추랴

털고 벗고 버리거라.
못 이룬 꿈도 미련도 모두가
가지 끝에 스치는 한 줄기 바람인 것을
바람에 흩어지는 한 줌 눈송이인 것을
그리도 붙잡고 떨며 몸부림이었던가?

휘이 휘이 날려 보내라.
백설 속 자작나무 하얀 숲처럼
벌거벗은 빈 몸에 따스함 흐르고
삶과 주위의 모든 인연을
맑고 고운 영혼으로 받들어 섬기는
벌거벗은 하얀 자작나무가 되거라.

(2014. 2. 9 백설 쌓인 자작나무 숲에서)

능수버들 아래에서

텅 빈 하늘 아래
휘영청 늘어진 능수버들 가지
올올이 푸른빛 낭창낭창 흐르니
또다시 봄이 시작됩니다.

해마다 찾아오는 기쁨이지만
남은 나의 봄이 몇인 줄 몰라
비어가는 봄 곳간이 두렵기도 합니다.

원한다 해서 더 찾아올 수도 없고
매어둘 수도 없는 나의 봄.

올봄엘랑 후회 없이
꽃 더불어 행복하자.
되풀이하는 맹세 속에
몇 남은 줄도 모르는 나의 봄은
이미 저만큼 흘러가고
못 버린 아쉬움만 부푸는 꽃망울처럼
쏙쏙 커져만 갈
나의 봄이 또 이렇게 시작됩니다.

(2014. 2. 23 봄이 오는 길목에 서서)

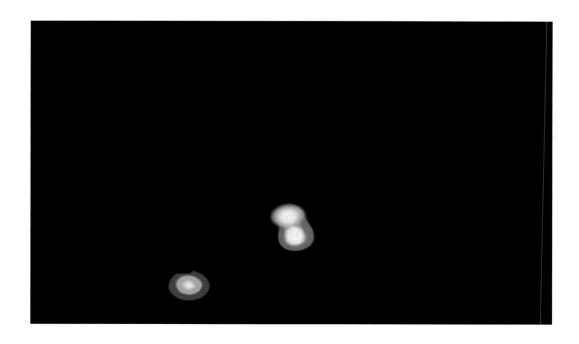

엄마, 사랑한다.

꽃바람에 지는 꽃도
서럽기 한없는데…
덮쳐오는 검은 그림자를
말똥말똥 사슴 눈망울로
바라볼 수밖에 없었던 내 꽃들아!

숨 조이는 암흑 속에서 전한
'엄마, 사랑한다.' 한 마디
이제껏 아름다운 말인 줄만 알았더니만
이다지도 슬픈 말이었구나.
가슴 찢는 말이었구나.
눈 떠도 눈물이요
감아도 눈물뿐이네.

져가는 꽃봉오리 눈앞에 두고
속절없이 눈물만 떨궈야 하는
잘난 척했던, 알량하고 미약한 어른들!
'미안하다. 내 탓이다. 그래도 사랑했다'
이 말밖에 전할 수 없는 이 가슴에
피눈물 철철 고이고

쉼 없이 눈물만 흐르는구나.

못다 피우고 가버린 내 꽃들아!
'사랑한다'는 말
진하고, 슬프고, 가슴 찢는 눈물이구나.

사랑했던 내 꽃들아!
사랑하는 내 꽃들아!

(2014. 4. 17. 세월호 참사에 붙여)

조릿대

백설 산중에 부는 바람

호젓한 겨울 숲속
눈은 내리고 쌓여
거친 숲 바닥은
소복소복 하얀 눈꽃 속에 묻혀
한 해의 가쁜 숨을 고른다.

들쭉날쭉 아롱다롱 숲 바닥
하얀 눈꽃에 푹 안기니
세상은 오직 하얀 순수로 변했다.
천차만별 각양각색은 어디로 갔나?

설원(雪原)을 맴도는 매서운 바람은
흰빛 순수함을 거부하는
무지갯빛 꿈의 반란인가?
치닫는 바람 소리
숲속의 고요를 뒤흔들고
설원에 하얀 눈보라를 일으킨다.

순수의 백설 세계에는
불순(不純)의 바람도 있다.
우리 사는 세상도 그러하다.

(2015. 1. 12. 장군바위 산에서)

설야(雪野)에 서서

무한 창공, 망망 대지
하늘과 땅 사이
외로운 점 하나.
광활한 설야(雪野)에 서 있다.

산 능선 너머 허공이 마주하는
하얀 눈벌판에 서 있는 초목.
한 생을 마치고 눈바람에 닳는다.

눈 덮인 땅 위에 드러나는 것들,
바위, 푸나무, 그리고 나.
오직 한 줌의 흙으로
돌아갈 것들뿐이다.

기억하자.
허공 아닌 모든 것이
흙에서 나서 흙으로 돌아감을.

감사하자.
뜨겁게 살아가자.
지금 바로 이 순간을.

(2015. 2. 4. 영월 상동 설야에서)

소나무

생명이란?

고목에서 돋는 싹
생명의 기운을 본다.

생명!
모질고 질긴 것
곱고 숭엄한 것
천지에 가득한 것처럼
같아 보이지만

쉬이 부서지는 것
꺾이면 추하고 허무한 것
바람처럼 사라지는 것

하여
소중히 여겨야 하고
곱게 보아야 하고
함께 살아야 한다.

천, 지, 인, 만물은
하나의 생명이다.
옛것 없는 새것도 없다.

(2015. 7. 1)

선악(善惡)과 희비의 까닭은?

땡볕 가뭄 속
처마 끝에 듣는 빗소리
밤잠을 설치며 낙수 소리 즐긴다.
촉촉이 땅 젖는 소리가
감미롭게 온몸에 퍼지는 듯하다.

지루한 장마 끝의 찬란한 햇빛
기나긴 가뭄 끝의 쏟아진 빗물
하늘의 축복이요 선물이라 하네.

그럼
가뭄 속 햇살, 장마 속 빗물,
선(善)일까? 악(惡)일까?

햇살과 빗물은
항상(恒常)이요 무념(無念)인데
선악과 희비가 어디 있으랴.
오직 욕심과 바람이
선악과 희비를 만들뿐이었네.

태어나 가는 날까지 나는 나인데
어찌하여 이다지도 매사(每事)를
선악과 희비에 몸부림쳐 왔던가?

환희의 햇살, 기쁨의 빗물!
이제야 아는가?
무욕(無慾)의 삶이 행복임을.

(2015. 7. 8 가뭄 속 빗소리를 들으며)

산! 그 속에 나

백두대간 두타(頭陀)산을 오른다.
속세와 번뇌를 버리라 한다.

한 걸음 한 걸음 오를 적마다
뒷산이 옆 산이
한 층 한 층 낮아져 간다.

시선은 멀리 산마루 건너뛰고
마루 끝 너머 하늘 언저리를 맴돌아
무한 창공을 헤매 돈다.
둥실 들뜬 마음은 구름을 탄다.

청량한 바람결이 이마를 스치니
땀 식은 등줄기가 서늘하다.
움츠려 쳐다보니
눈앞에 아름드리 금강적송,

아! 산에 드니
소나무보다 더 낮은
한낱 미물(微物)에 불과한 것을.

삼라만상 위에 노는 양
살아온 지난 세월이 어리석었다.

(2015. 9. 12 백두대간 두타산에서)

등 굽은 소나무(枉松)

청산에 흰 구름 유유히 흐르듯
낮추고, 굽히고, 엎드리면
흘러가지 않는 만고풍상 없더라.

머루랑 다래랑 익어가고
알밤 도토리 톡톡 듯는 소리에
또 한 해 가을이 익어
수리바위 등 굽은 소나무는
나이테 한 켜 선을 늘린다.

'등 굽은 소나무 선산 지킨다.' 하였듯이
낮추고 굽히고 쳐들지 않으면
그 어느 세찬 풍파도 비켜 가리라.

한 해 한 해 늘어난 나이테 따라
장엄하고 유구한 세월의 아름다움이
향과 더께로 쌓여 장송(長松)이 되었다.

세월 흐르고 노송(老松)이 될수록
향과 무게 더욱더 짙고 크나니

우리 삶도 그러하리라.

(2015. 9. 19 수리바위의 '등 굽은 소나무' 앞에서)

당단풍나무

나의 가을빛

찬연히 타는 불꽃이여!

푸른 잎새,
파란 하늘,
새까만 대지.
어디에 숨었다 솟구치는가?

나의 빛은 어디에,
어떻게 타오를까?
진하고 고울까?

황량하고 메마른
이 가슴 태울
곱고 찬연한
나의 가을빛은.

(2015. 10. 17 백운산 단풍 산길에서)

나의 가을 길을

텅 빈 가을 하늘에 날리는
억새 이삭의 하얀 너울춤.
가을 길 방랑을 유혹하는
천군만마 깃발인가?
백만 함성 노도(怒濤)인가?
하염없는 그 손짓,

광활한 가을 벌판은
하얀 너울로 가득한데
좁은 이 가슴은 어이하여
황량한 공허만 가득한가?

꽃 피고 지는 격랑 속에
끊임없이 한들대는 억새의 물결처럼
하 많은 세상만사 속에
가는 듯 멈춘 듯 흐르는 세월처럼
흔들리며 멈추며 흘러가리라.
나의 가을 길을.

텅 빈 하늘 바라 손짓하고
뵈지 않는 바람 좇아 헤매 돌며
가녀린 목 길게 뽑아
내 사랑 찾아 걸으리라.
나의 가을 길을.

(2015. 10. 18 보성강 변 억새밭에서)

단풍잎 하나

눈이 부신 태양 기리며
드넓은 창공에 파란 꿈
푸르게 키웠다.

움 틔워 가지 뻗고
꽃 피워 열매 맺고 나서
의연한 척 환한 모습으로
가지를 떠났다.

화려한 이별 뒤에 오는 허망함.
어디로 가나?
메마른 풀숲에 얽혀
갈 곳 몰라 헤매는 미로.

힘들고 어려움이 행복이었다.
막힘 없고 속박 없는 혈혈단신
화사함도 잠시였다.
이어지는 처연함,

바람에 휩쓸려 갈 곳도 모른 채

흔적 없이 사라져 가는 것이
어찌 단풍뿐이랴.
만사가 색즉시공인 것을.

(2015. 10. 29 필례약수터 단풍길에서)

탱자나무

내 삶의 수묵화

텅 빈 가을 하늘에 걸린 수묵화 한 폭.
수백의 봄(春)이 영근 탱자나무가
하루에 점(點) 하나, 한해 봄에 세 치 필선(筆線) 하나,
점, 점이 모여 선(線)을 그리고
선, 선으로 이어진 삶의 궤적이
한 폭의 수묵화를 친다.

해마다 영화와 조락을 되풀이했던 삶,
새움 돋아 꽃이 피고 지고
열매 맺고 지며 혹한을 견디어 낸
긴긴 세월이 남긴 한 폭의 그림이다.

모든 생은 한 폭의 수묵화를 친다.
영고성쇠의 피고 짐은 점(點)이 되고
생로병사는 선과 마디를 그린다.

내 삶의 수묵화는 무슨 그림이며
오늘은 어느 마디에
한 점 방점(傍點)을 찍고 있는가?

(2015. 11. 1 안동 학봉 구택에서)

살아 있어 곱다

곱다.
참으로 곱다.
살아 있어 곱다.

천 년 무정 바위 속에 뿌리내린 소나무
조이고 매이고 꽉 막힌 틈새에서
모질고 질기게 살아 있어 눈물겹게 곱다.
한 줌 부스러기 된 낙락장송이 무슨 소용.

한 백 년도 못 채울 초로 같은 세상살이.
묶이고 매이고 꽉 짜인 일상의 틈새에서
떠오르는 아침 햇살 맞는 오늘이 서럽게 곱다.
한 줌 흙이 된 고금의 영웅 절색이 무슨 소용.

곱다.
참으로 곱다.
살아 있어 곱다.

(2015. 11. 22 북악산 말바위의 소나무)

빛살이 어둠에 갇힌들

칠흑같이 어두운 겨울밤 산중
띄엄띄엄 떨어져 서 있는
가로등 불빛이 외롭다.

무겁고 두터운 어둠의 장막에
가로등 빛살이 갇혔다.
어둠을 사르고 헤어나고자
빛살 돋구어 밝혀보지만
어둠은 빛살을 더욱 꽁꽁 묶는다.

두어라,
빛살이 어둠에 갇힌들,
어둠이 빛살 한둘 삼킨다고
적멸의 정적이 세상을 덮겠는가?
끝은 시작이고
절망은 희망으로 이어지는 게
자연의 섭리인 것을.

제아무리 무겁고 두텁다 한들
여명의 빛살 아래

다 흩어질 어둠 아니더냐?

어둠이 깊을수록
여명의 빛살은 가까워지는 법,
우리네 삶도
바로 그러하려니.

(2016. 1. 14. 정선 하이원 리조트 한밤중에)

사랑밖에 없다

으뜸 존재
생각하는 갈대
알파고(AlphaGo) 앞에 무릎을 꿇었다.

자랑스러운 작품
알라딘 램프가 위에 섰다.
무너진 자존심 바벨탑 앞에서
웃고 있어도 눈물이 난다.

원점으로 돌아가자.
자연 속에 미약한 한 종(種)이거늘.
그래도 으뜸이다
사랑할 줄 알기에.

서로를,
상대를,
약한 존재를,
심지어 적까지도
사랑할 줄 아는 존재다.

대자연 앞에 왜소하고
기계 앞에 나약하지만
호모 사피엔스 사피엔스에는
사랑의 감성이 있다.
만물의 으뜸일 수 있는 것은
오직
사랑밖에 없다.

(2016. 3. 9. 무너진 자존심 바벨탑 앞에서)

찌 한 점에 하루를 싣고

여리고 곱고 눈부신
담록(淡綠)의 계절 5월,
때아닌 폭염주의보가 계속되는 날

강물에 띄운 찌 한 점에
넋을 놓았다.

오직 찌 한 점에 하루를 실은 채
세상만사, 세월 흐름을 잊는다.
더위는 덤으로 잊었다.

(2016.5.18 금강 지류 강경천 수로에서)

이제는 노래하련다

청운의 꿈을 안고
새 시대를 열어보고자
꿈과 우정을 함께 했던
인간 사리 제22회 행시 동우.

대한민국의 요소요소에서
청춘을 불태우고 한 시대를 이끌었다.
이제는 반백을 훌쩍 넘겨
이순(耳順)의 삶을 산다.

돌아보니 구름 같은 인생
살아온 지난날이 뜬구름 같고
서산의 노을빛이 가슴을 적신다.

열정도 분노도 젊은 한때
휘모리장단 벗어나 진양조장단으로
산과 들, 풀꽃 찾아 구름처럼 바람처럼

이제는 노래하련다. 흘러가련다.
아아~ 구름 같은 인생.

(2016. 5. 28. 구미에서)

친구야! 너는 어디 있니?

복잡다단한 세상!
날고 기는 군상이 판치는 세상에
너무도 미약한 존재로서
숨어야만 할 너를 발견했단 말이냐?

때때로 찾아와 얼굴 보며 오순도순 정담은
고인돌 시대 이야기.
자기 생각 주고받는 편지도 사라지고
전화 한 통, 문자 메시지가 대신하더니만
이제는 그나마도 없다.
오직 '~카더라'라는 카톡만 난무하니
너는 어디 있고
우리는 어디 있나?

유붕자원방래(有朋自遠方來)하니

그게 기쁨이라 했는데
찾아오지는 못할망정 엽서 한 장이라도
위안을 주었던 세상이 있었다카는데…
편지 쓸 새 없는 바쁜 세상에
전화나마 고마웠는데…
이제는 방문도, 편지도, 전화도,
모두가 전설이 되어 버렸다.
아! 그리운 아날로그 시대여!

이유도 까닭도 밑도 끝도 없는
아득한 전설 속 옛날 말씀,
듣다 듣다 귀에 못이 박인 낡은 말씀,
그나마 남 아닌 꼭 너에게 필요한 그 말씀
너에게 언젠가 꼭 해주고 싶었으나
민망해할까 봐 차마 해주지 못했던 바로 그 말씀.
때로는 누구인지도 모른 정체불명의 자가 흘린 낙서를
이유도 영문도 모르게 왜 남에게
시도 때도 없이 카톡, 카톡…
퍼 나름 질만 해대니?
너는 어디 있고
네 생각은 뭐니?

'나는 없소이다.
그저 그런다 카더라.'
오늘도 남의 글과 말 속에 숨어 있는 너.
카톡 전화번호 기억해 준 것만이라도
고마워해야 하나?
친구야 너는 어디 있고
네 생각은 어디에 숨겨 놨니?

안부, 인사, 격려, 근황은 고사하고
네 말, 네 생각, 네 소리,
네 단어, 네 사진 하나도 없으니
한 가지만이라도
제발 한 번 들려주려무나.

(2016. 5. 23 친구야! 너는 어디 있니?)

주목

필생(必生)의 가지 하나

천년 세월 훌쩍 흘러
벗고 낡은 하얀 주목
아직 살아 있다는
서럽고 눈물겨운
필생(必生)의 가지 하나.

흰 구름도 머물고
내 눈길도 머무네.

너나 나나 세월 따라
구름처럼 흘러갈 한 살이
아직은 살아 있기에
오늘
너는 나를 보고
나는 너를 본다.

(2016. 6. 11 함백산 주목 군락지에서)

지리산 주능선

우리 삶도 한 순간(瞬間)인데

장엄한 백두대간의 마무리
대미(大尾)의 종점에 천왕봉이 우뚝 서 있다.
노고단. 반야봉에서 연하봉. 천왕봉까지
줄 잇는 준령고봉들이
한 눈 안에 펼쳐진다.
삼신봉 정상에 서니.

유장한 백두대간 끝매듭도
한 눈 깜짝 시공에 불과하듯
한 편 구름 같은 우리네 삶도
인제 보니 한 순간(瞬間)일 뿐이다.

서둘다 보니 흘러갔고
돌아보니 후회만 남는다.

한 눈 깜짝 순간 같은 삶 속에서
후회한 들 다를 게 뭔가.
오늘 하루라도 값지게 채우고 싶다.
날 사랑하는 시간으로.

(2016. 7. 10 지리산 삼신봉에서)

2016년의 폭염, 노여움을 푸소서

땅 위에 온갖 만행이 널브러지더라.
약육강식, 방종, 도덕적 불감증,
사기와 폭력, 억압이 판치는 사회.
파렴치, 뻔뻔스러움, 말 바꾸기, 적반하장은
정치인, 경제인, 관료, 금수저의 전유물이요
친자식 학대와 살인, 묻지 마 폭행과 살인에 이어
소시민마저도 그들 간의 갑질과 만행이 번져가니
하늘이 노할 만도 하더이다.

죄악이 넘쳐서인가요?
의인이 없어서인가요?
하늘이 노했나 봅니다.
낮도 밤도 없이 계속된 무더위가
말복(末伏) 가고, 처서(處暑) 지나도 더욱 기승이라
시와 때, 절기도 뒤죽박죽입니다.

하느님 노여움을 푸소서.
2016년 여름 폭염에
만행을 저지른 회개할 자들은 끄떡없이 버티고
선한 흙수저만이 고통 속에 있나이다.

요금폭탄 무서워 선풍기조차도 함부로 못 돌리고
가녀린 어깨에 힘이 빠져 부채질도 힘든
흙수저만의 고통입니다

소돔과 고모라의 유황불은 아니겠죠?
회개할 자들은 고통을 모른 채 버티는 폭염,
삼라만상을 먹여 살리는 산천의 초목과
'롯(Lot)'처럼 선하게 살아가는 힘없는 흙수저가
가련하지 않습니까.
부디 노여움을 푸소서.

(2016. 8. 24 처서가 지난 폭염 속에서)

아침 햇살을 보며

나뭇잎에 내려앉은
아침 햇살,
포근함과 안온(安穩)
따스함과 부드러움.
천사의 숨결 같다.

어제까지만 해도
100년 만의 염천 더위 햇살이
지옥의 유황불 저주인 듯싶더니만
하룻밤 사이에
이리도 바뀌는가?

햇살은 누만 대 그대로인데
이다지 요두재변(搖頭再變)은
뉘 심사며 뉘 탓인가?
아직도 알 수 없어라.
세상을 이리 살아온
이 내 심사를.

(2016.8.27. 시원한 날 아침 햇살을 보며)

낙엽 따라 세월도

낙엽이 지고 가을이 간다.
작년 또 작년의 작년에도 그러했듯
그렇게 그렇게 가을이 간다.

낙엽 따라 세월도 간다.
아버지 또 아버지의 아버지 때처럼
그렇게 그렇게 세월이 간다.

만추의 찬란한 단풍빛이 곱다.
가슴에 서리는 황혼빛이 섧다.
그렇게 그렇게 젊음의 빛도 바래 간다.

(2016. 11. 12 찬란한 단풍 빛에 젖어)

제4부

내 발걸 닿은 그곳

– 가다가 쉬고, 쉬다가 걷고…

산도화 송이송이 벙그는 봄날
종점도 정처도 없이
남도길 여행을 떠난다.

그런 시간과 여정을 찾은
봄날의 꿈길이었다.

복사나무

그냥 나선 남도 여행

산도화 송이송이
벙그는 봄날
종점도 정처도 없이
남도길 여행을 떠난다.

가다가 쉬고 쉬다가 걷고
마음은 그렇다.
오직 정해진 것은
2박 3일이라는 시간뿐

일과 먹거리, 잘 거리
걱정을 잊고 떠난다.
작은 것으로 만족함을 배우고
뭔가 있을 것 같다는 것만으로
기쁨을 맞는
그런 시간과 여정을 찾은
봄날의 꿈길이었다.

(2016. 4. 14 그냥 나선 남도길)

탐진강 가녁에 서서

탐진강 가녁에 서서
제암, 사자, 억불봉을 본다.

탐진강에 피리 병 놓고
은어 떼 쫓던 어린 시절
억불봉 하나 보기도 버겁더니만
세월 흘러 지금 보니
제암, 사자, 억불봉이 한눈에 드네.

흐르는 세월 속에
보는 눈은 욕심껏 넓어져 무한인데
마음의 눈은 빛이 바래 감흥이 없으니
이 몸도 세월 따라 함께 흘러
속 비어가는 고목처럼
꿈 잃은 빈 껍질이 되어 가는가?

강에 풍덩 들어가 물장구치던
그때 그 벗들 어디서 무엇들 하나?
보고자운 그리운 얼굴들이
석양빛 물비늘에 어룽져 흘러가네.

(2013. 11. 21 장흥 탐진강변에 서서)

문인들의 겨울 나들이

아서라 세상사!
마서라 인간사!

동방문학 가족 중
심뽀 맞춘 문인 몇 명이
완숙의 삶을 살아온
옛 그림자 가슴에 품고
북한강 변 설야를 누볐다.

하얀 눈 속에 갇혀
오는 봄 기다리는 꽃가지도 만나고
한해살이 삶을 털고 난
쭉정이 씨앗 가지도 만나고
엄동설한 속에 부풀어 오르는
매화 꽃망울도 만나고
젊은 날 가슴에 숨기운
말 못 했던 사연도
밤새 애기꽃으로 피워 올렸다.

하얀 눈 덮인 북한강 변
청평댐 자락 호 변을 거닐며
석양빛에 반짝거리는
아롱다롱 물결무늬도 보고

달뿌리풀 사이로 흐르는
사각대는 바람 소리 들으며
한영애의 '봄날은 간다.'를 흥얼대기도 했다.

눈 쌓인 언덕에 올라
치기 어린 동심으로 돌아가
종이박스 깔고 앉아 눈 미끄럼도 타고
청평호에 다정한 오리 가족처럼
오붓이 둘러앉아
오가는 한 잔 술에
끝도 시작도 없는
가슴에 묻어둔 젊은 날의 메모를
강줄기 흐르듯 펼칠 뻔했다.

1박 2일의 짧고도 짧은 시간이었지만
한여름 밤 모깃불처럼 피워 올린
아련한 삶의 여정 회고담은
천일야화를 능가했으니
그 하 많은 사연
갑오년 새해에
문필의 꽃으로 피어나리라.

(2013년 제야(除夜)에)

114

강변 수채화

말갈기처럼 부드럽고 곱게
산등성이 따라 이어지는
벌거벗은 겨울나무
나목 사이사이로 드러나는
희끗희끗 하늘빛이 호수를 닮았다,

첩첩이 겹치는 산 능선과
강변의 나무들도
고요히 쉬고 싶어
모두 강물에 들어앉은
저물녘 두물머리.

다정한 오리 떼가 그려내는
잔잔한 물결무늬에
해거름 어스름 내려앉아
강물에 들어앉은 산과 나무는
황금빛 어둠의 품속에 안긴다.

(2013. 12월 양평 두물머리에서)

일산호수

정이 서린 곳
그리움이 이는 곳
조갈 난 그리움 찾아 나선다.

다정 넘치는 호숫가에
피고 지는 풀꽃도
거니는 사람도
둘러선 빌딩도
곱디고운 한 어우름이다.

낭창대는 능수버들 실가지에
어룽지는 물 벌판 위에
아롱아롱 거리는 그리운 얼굴.

뽀얀 물비늘 너머에서
금세라도 다가올 것만 같은
보고자운 그 사람,
비문증(飛蚊症) 그림자 되어
환영(幻影)의 그네를 탄다.

언제 와도 살갑고
정감 어린 일산호수.

(2014. 3. 2. 일산 호숫가에서)

아! 펀치볼

지금은 아련한 전설이 되어버린
도솔산 전투의 무적해병.

패기 찬 임들의 혼백은
도솔산 푸른 산빛 되어
청춘의 기개로 되살아나고
붉고 진한 임들의 충정은
펀치볼의 진달래 빛으로
해마다 붉게 피어납니다.

대우산, 가칠봉 산마루 따라
뻗어 나간 가녀린 가리마 길
임들의 발자취 따라
이어진 넋 줄.
보랏빛 산마루 너머 너머
뻗어야 하거늘
더는 못 간다네.
여기가 끝이라네.

아! 펀치볼!

올해도 봄꽃 붉게 피어나니
도솔산 넘어오는 바람결에 실린
임들의 숨결 가슴에 닿습니다.

(2014. 5. 10. 대암산 정상에서)

욕지도 동항리 앞바다

초록빛 고운 풀빛 너머
바다가 싱그럽고
올망졸망 섬들이
다정히 머리 맞대 조는 곳.

수천 년 그대로 그대로
오는 이, 가는 이
맞이하고 보내도
예나 오늘이나 그냥 그대로인
욕지도 바위섬 앞바다.

내 그리움도 미움도
푸른 파도 일렁이는 이곳에
오늘 비로소 짐 벗듯
내 마음의 티끌 다 풀어 놓으리.

차마 못 잊어 가슴 시리고
일렁이는 그리움이 사무칠 때면
꿈길에 훗딱 다녀갈지라도.
천 년 만 년 변함없을

욕지도 동항리 앞바다에
내 마음의 짐 다 풀어 놓으리.

(2014. 6. 28 욕지도 동항리에서)

한려수도 꽃 섬들

하늘과 바다가 마주하는 곳에
사이사이 태어난 올망졸망 섬들,
창파에 수련 잎보다 더 곱다.
정녕 꽃 섬이로다.

아기자기 꽃 섬이 둥둥
섬마다 엉키는 다감한 세상사!
새록새록 사람 이야기 피어나는 곳.

끝없이 흘러갈 듯 내 닫는 물굽이도
가다가 머뭇머뭇 되돌아오는 한려수도
사람 냄새 그리워 차마 못 떠나나 보다.

파도 따라 흘러간 물굽이처럼
가 봤자 한려수도
와 봤자 통영 아니런가?

꽃 섬의 인정(人情),
한려수도의 푸른빛 고운 섬,
여길 두고 어디 가랴.

가다가도 되돌아설 수밖에.

아! 생각할수록 눈에 밟히는
한려수도 꽃 섬들.

(2014. 6. 29. 통영의 한려수도에서)

완도 상황봉에서

남해에 우뚝 솟은
완도 오봉산 정상
내려다보니
청해진 왕국의 꿈이 서린다.

먼먼 옛날의 꿈이
살아 있음인가.

조가비처럼 다정스레
엉켜 있는 섬마을 집들에
황금빛 일고
푸른 바다(青海) 기운 뻗쳐
바닷물 넘실대는 곳에
옹기종기 섬들이
꽃잎처럼 널려있네.

찬란히 꽃 피울
그 날 기리며.
천년 세월 머금고
오늘도 기다리네.

(2014. 10. 12. 완도 상황봉에서)

세월과 소리

세월은 소리 따라 흐른다.
만물은 소리가 있고
무상한 소리 속에
자연도 시간처럼 흐른다.

이기대 해안 길을 걸으며
세월 흐름을 듣는다.

우르릉 구르릉
먼바다 뭍으로 다가오고
철썩 쏴아
밀려 왔다가 쓸려 가는 파도 소리
다그락 다그락
들고나는 파도 따라
해변 몽돌이 자리바꿈하는 소리.

소리 맞춰 유장한 세월이 흐르고
세월 흐름 따라 나의 시간도
몽돌처럼 닳아만 간다.
생의 모래시계에
자꾸 줄어드는 모래알처럼.

(2015. 2. 5. 부산 이기대 해안에서)

대성산의 봄빛

봄빛이 밀고 오른다 .
남에서 북으로 꽃길이 열린다.

산하에 번지는 꽃물결!

삼천리강산의 진달래꽃이
북녘을 마주한 이곳 대성산에도
척박한 바위틈에 뿌리를 내려
꽃을 피운다.

굳은 남북 가슴엔 언제 꽃이 피려나.

(2015. 4. 20. 철원 대성산에서)

자귀나무

잠실 롯데월드타워 몰

정녕 새로운 명물 탄생이다.
서울의 New Landmark.

언제, 어디서나
고개 들면 마주 보며
'여기는 서울'
말해 주는 듯하다.

흰 구름 뒤에 두고
화사한 꽃구름 밟고 선
잠실 롯데월드타워.

푸른 하늘 속에
무한 창공 우주를 향해
금방이라도 치솟을 듯
발사대에 놓인 우주선 같다.

붕정만리의 꿈을 안고
비상의 날갯짓을 하고 있다.

오동잎 지는 내년 10월!
9만 리 창공을 날아
웅비의 꿈을 이뤄
서울의 명소로 거듭나기를.

(2015. 6. 30.)

청학(靑鶴)의 비상을 기리며

백두대간 마무리 줄기
지리산 주 능선 자락에
온 누리 기(氣)를 한데 모은 천하명지가 있다.

원시반본(原始反本),
마고복본(麻姑復本)의 염원으로
한 돌 한 돌 쌓아 올린
돌 솟대 마고성.
영원무궁을 지향하는 사십 년의 세월.

뿌리 없는 나무가 어디 있느뇨?
배달민족 삼성(三聖)을 모셔
소도(蘇塗)를 복원하니
천지화랑 정신 날로 드높아 가고
잃어가는 자연성과
우리 얼을 되찾아
청학이 날개를 펴리라.

청학이 비상하는 날
대붕만리의 꿈은 이루어지고

홍익인간, 이화(理化)세계가
꽃처럼 피어나리라.
천하명지 청학선원에

(2015.8.22. 지리산 청학선원에서)

솔향기길에서

태안반도 꼭두머리 해변 따라 굽이굽이
오솔길 흙바닥에 새어드는 햇살 곱고
빼꼼히 드러난 솔잎 사이로 하늘 맑다.

솔 내음, 감국 향 깊어가는 가을날
파도처럼 밀려오는 하얀 그리움 있어
솔밭에 주저앉아 수평선을 바라본다.

수평선에 하늘이 내려앉아
하늘인 듯 바다인 듯 흰 구름 피어나고
하늘로, 바다로 오르락내리락,
뽀얗게 떠오르는 그리운 벗님들.

바위 위에 솟구치는 하얀 물보라처럼
하얀 이 드러내며 싱긋 웃는 그 얼굴
모래밭에 빨려드는 하얀 물거품처럼
스멀스멀 파고드는 그리운 벗님들.

함께 거닐걸!
물비늘 빛살 치는 해변의 이 숲길.

청량한 솔 내음 짙게 밴 이 길을.

아! 파도처럼 밀려오고
가을 향기에 곰삭은
타는 그리움을 어이 할거나.

(2015. 10. 14. 태안반도 솔향기길에서)

남한산성의 가을빛

시커먼 성벽에 한 뼘 한 뼘 숨줄 붙이며
비바람 속에 살랑대며 푸른빛을 뽐내던
성벽 위 담쟁이덩굴도
천 년 무변 돌덩이와 함께 푸를 줄만 여겼는데..

무심한 성벽에 애태운 가슴앓이인가?
흐르는 세월에 작별의 아쉬움인가?
불타듯 벌겋게 앙탈의 불을 지핍니다.

가는 세월이 아쉽고
무정한 성벽마저도 야속해 보이는
단풍의 계절.

아쉬움인지, 화려한 이별인지,
푸른 이파리가 무지갯빛 되어
표표히 떠날 날을 기다리는 조락의 계절에
이를 지켜보는 마음도 홍인지, 쓸쓸함인지
울긋불긋 빨갛게 노랗게 석양빛에 젖어 듭니다.

(2015. 10. 23 남한산성에서)

한계령 가을빛

어쩌야 쓸거나?
저 타오르는 불살을.
푸른 줄만 알았더니
항시 푸를 줄만 알았더니.

 외로운 산사(山寺)처럼
졸고 있는 한계령 휴게소를
불살은 이미 넘어
넘실대며 덮쳐오네
이 가슴에 불 지르네.

어쩌야 쓸거나?
이 타오르는 단풍 가슴을.
젊은 줄만 알았더니
항시 젊을 줄만 알았더니.

(2015. 10. 29. 한계령을 넘으며)

안동 하회마을

흘러 흘러 7백 리길 유장한 낙동수가
화산(花山) 줄기 휘감고 굽이쳐 에돌아서
창해(滄海)에 연꽃 피우듯 고이 앉힌 하회마을.

꽃 자락 펼치듯 송림 강변 넉넉하고
연꽃에 싸인 마을 집집이 연자(蓮子)인 듯
고매(高邁)한 충효 정신 자손만대 전해지리.

(2015. 11. 1 부용대에서 하회마을을 바라보며)

봉정사 참나무 숲

천등산 자락에 고이 안긴 봉정사
있는 듯 없는 듯 천 년을 이어왔다.
골바람도 돌아가는 호젓한 숲속
오밀조밀 어울린 참나무 숲이
아롱다롱 가을빛을 수놓는다.

호이호이 소리치면 숲 울림 돌아 나고
산새가 호이호이 맞장구 대답이다.
하늘의 해와 달, 별과 은하수가
살포시 내려앉아
각기 각기 고운 빛을 숲에 심었다.

은은한 빛 빚어내는 참나무 단풍 숲,
흐르는 흰 구름도 한 몫 거들어
안개인 양 희부연 가을빛을 덮는다.

오색 단풍, 명옥대 낙수 소리
벗 삼아 숲을 노니는
한 마리 봉정사 산새가 되고파라.
내 마음은 그 숲에 심어두고
빈 몸만 홀로 세속으로 내려온다.

(2015. 11. 1. 안동 봉정사 참나무 숲에서)

영랑호(永郎湖)

아스라이 펼쳐진 영랑호에
설악의 설봉 잠기고
낙엽 진 빈가지에 걸린
외로운 낮달도
영랑호 품에 안겼다.

영랑정 범바위
천 년 기상 장엄하고
우뚝 솟은 독야청청
우람한 푸른 장송이
설송이런가.

설송의 고운 향
영랑 낭도 향기런가?
맑고도 푸른 향
호면에 그득하다.

푸드등 물새의 날갯짓에
천 년 꿈길에서 깨어나
호면에 잠긴 내 모습 찾는다.

(2015. 11. 29 속초 영랑호 변에서)

계백 장군 묘 앞에서

흥망과 성쇠는
돌고 도는 것이요
영욕은 순간일 뿐
부귀공명은 스치는 바람이로다.

공(空)이로다. 공이로다.
세상만사가
공 아닌 게 있는가?

다시 오라 손짓하는
추억도 그립지만
어서 가자 등 떠미는
세월이 야속하지 않은가?

시비 티끌은
하늘 저편에 버려두고
하는 일 없이 분망한 오늘일망정
지금의 이 행보와 고달픔에서
기쁨과 행복을 찾아보세나.

(2015. 12. 14 논산 계백 장군 묘 앞에서)

아우라지 강변에서

다람쥐 쪼르르 미끄럼 타는
깊고 깊은 산중
바쁜 일손에 쉴 틈새 없는
산골 처녀 총각.

싸리골 올동백 딴다는 핑계를 대고
손꼽아 기다리는 약속한 그날따라
와룽와룽 장대비 쏟아져
강물이 불어나 건널 수 없었다네.

다시 만날 약속 전할 길도 없고
일손 놓고 마실 나갈 핑곗거리도 없어
안절부절 애태운 산골 처녀 총각
아우라지 강물이 가로막은 탓에
둘 사랑은 물거품이 되었다는
아우라지 강의 슬픈 사랑 이야기.

건널 수 없던 강에 다리가 놓이고
핸드폰에 카톡, 문자 메시지
시도 때도 없이 소식 전하며
엠티에 그룹토의, 체험학습, 사회봉사
무수한 핑곗거리 한도 끝도 없이 많아도
건널 수 없는 사랑의 강은 지금도 있다네.

연인 간의 어긋난 구구절절 사연들,
가슴 저미는 수많은 사랑 이야기들,
안절부절 애태우기는
예나 지금이나 변함이 없다네.

사랑 그리는 애절한 마음은
강물에 어른대는 물비늘 빛살처럼
시도 때도 없이 가슴에 어른대는데
어찌하나! 어찌하나!
보고프고 만나고픈 그리운 사람.

예나 지금이나 아우라지 강물이
변함없이 흐르듯
한겨울 찬바람에 꽁꽁 얼어도
얼음장 밑으로 유유히 흐르듯
가깝고도 먼 사랑의 길에는
가로막는 하 많은 사연의 강이
예나 지금이나 변함없이 흐르네.

아! 사랑은 아름답지만
건너야 할 고달픈 강이 있네.

(2016. 1. 14. 아우라지 강변에서)

왕궁리 오층석탑

오직 홀로다
아무렴 어쩌랴.

백제다.
신라다.
고려 초다.
출생 분분해도.

긴 세월 해와 달 새고 보내며
별빛 전설처럼 이어온 침묵
천 년 두고 바람에만 전하는 한숨
그 침묵을 오늘도 이어간다.

적막의 벌판에서 등대처럼 지켜온
하 많은 백제 땅 서러운 가슴
하마 열만도 하련만
살가운 가슴 열 듯 말 듯
미소만 짓는 그대 모습처럼
굳게 입 다문 무정한 돌탑.

아! 천 년 닮은 저 마음을
스치는 바람은 알까.

(2016.2.11. 익산 왕궁리 오층석탑을 보며)

오봉(五峰)도 애가 닳나 보다

북한산과 도봉산의 사잇길
우이령길을 걷는다.
팍팍한 삶 속에
유토피아 꿈을 안고
오가는 민초가 발길로 만든 길.
삶의 보따리 이고 지고
일개미처럼 넘나들었던 길.

민중과 궁중이 함께 간구하는
사바세계의 간절한 꿈이 있어
서울의 진산 북한산에는
보현봉, 문수봉, 나한봉과
의상봉, 원효봉을 그렸고
흰 구름 떠도는 도봉산에는
자운봉, 신선대, 선인봉을 그렸다.

극락정토 세계에
구름 속 선인처럼 살고픈 꿈을
한양 도읍지 주산(主山)에 고스란히 담았다.

하지만 어쩌랴.
천 년 무변 사바세계의 꿈은
오봉의 석굴암 나한상 촛불로 타오르지만
언제나 오려나, 아득한 미륵 세상!
오가는 중생의 쳇바퀴 삶을
수천 년 굽어본 우이령길 오봉도
세세연년 몽글어만 간다.
천년 바위 오봉도 애가 닳나 보다.

(2016. 3. 19 몽글어 가는 우이령길 오봉)

아! 수양버들 꽃 나루터!

수양버들 꽃 피고 춤추던
양화진(楊花津)이
천주교인 목을 치는
절두산(切頭山)이 되었어라.

핏빛 한강 물은
아픈 세월이 닦아
맑게 흐르나니
임들의 성혈은
참된 신앙으로
영원무궁 흐르소서.

(2016. 4. 2 절두산 성지 순례길에서)

오름이 고운 까닭은

넉넉하고 부드러운
높낮이 없는 무릉동산
사브작사브작 오름을 오른다.

비움인 듯 가난한 초원을 안고
아득히 높푸른 하늘 떠받들어
슬프게 휘어진 능마루가 곱다.

거친 들판에 봉긋 솟아나
외로움 삭히는 평온의 봉우리.
오를수록 안기듯 빨려가고
어서 오라 손짓하는 부드러운 선.

가슴 차오르는 따뜻함과
아늑한 안김에 넋을 놓는다.
신비롭고 곱다.

까닭이 무엇일까?
오르면서는 몰랐다
내려와 뒤돌아보고서야 알았다.

높고 강하고 빼어남이
아름다운 게 아니었다.
빼어남 없이 질박한 부드러움이
바로바로 '신비롭고 곱다'는 것을.
사람 사는 세상도 그러하다는 것을.

(2016. 4. 9. 제주도 백약이오름에서)

136

함께 걷는 꽃길

함께 걷는 올레길이 꽃길입니다.
자갈밭 해안 바위 안고 넘나들며
꽃쟁이들과 함께 걷는 길
그 길이 바로 꽃길입니다.

아차 하다 올레길 벗어나
앞 팀 따라 붙인다고 서둘다 보니
뜬금없이 나타난 포장도로와 버스정류소
이 길은 꽃길이 아니었습니다.

다시 걸어온 길 되돌아갈 수 없어
뭍에서 깨어난 거북 새끼들처럼
찰랑대는 바닷소리 갯냄새 따라
길 아닌 길로 갯가만 바라보고
동물적 본능의 길을 따라 헤맸습니다.

돌담을 넘고 밭을 지나고
공장과 하우스 농장 뒷마당 빙빙 돌며
개구멍 끼며 엎어지고 자빠지고
겨우겨우 찾아낸 바닷가 올레길

그 길이 바로바로 꽃길이었습니다.

혼자 아닌 셋이서 동행이 있어
잃어버린 길목에서 헤맸지마는
그래도 올레길 닿을 때까지
함께 걷는 길도 꽃길 같았습니다.

지금 생각해보니 함께 걷는 길이
뜻 맞는 꽃쟁이들과 함께 걷는 길이
바로바로 천상의 꽃길이었습니다.
두고두고 함께 꽃길을 걸었으면 좋겠습니다.

(2016. 4. 10. 제주 올레길에서)

다산 초당 오솔길에서

그리움에 끝이 있고
아름다움에
어디 끝이 있던가?

하지만 나는 오늘
그리움의 끝을
아름다움의 끝을 보았다.

이 땅에서 가장
슬프게 그리운
처절하게 아름다운
다산 초당 오솔길
숲길을 걸었다.

다산이 숲길 내내 나에게서
떠나지 않았다.

(2016. 4. 30 다산 초당 오솔길에서)

안개 속 곶자왈

태고의 신비를 감싸듯
안개비 촉촉이 내리고
양수(羊水)에 잠긴 태아처럼
젖은 몸이 점점 가벼워진다.
아련한 푸근함에 푹 잠겨 든다.

아득히 먼 꿈의 나라
신비의 길을 둥둥 걷고 있다.

후두둑 빗방울 듣는 소리
숲이 깨어난다.
쏴아- 한 줄기 바람 타고
숨었던 꽃 요정이
불쑥 꽃 미소를 들이민다.

운무 가득한 곶자왈 숲속에서
천상의 꽃길을 걷고 있는
나를 만났다.

(2016. 5. 8. 제주의 곶자왈에서)

제주 꽃 탐방 일주일

제주 꽃 탐방 일주일
올레길 해안을 끼고 거닐며
둘레길 산간을 굽이쳐 돈다.

털진달래 붉게 타오르는
오월의 윗세오름과
평퍼짐한 초원에 봉긋이 솟은
눈물 나게 선이 고운
오름의 등성이에서 다리를 쉰다.

태초의 숨결이 어리고
어둑함과 거침이 공존하는
곶자왈 미로에서 살아가는 들풀,

비바람, 바닷바람, 산간바람
모질고 끈덕지게 보듬고 피워낸
쪼그마한 풀꽃 미소에 가슴 아리다.

지독한 그리움만
안고 돌아왔다.

(2016. 5. 10. 제주에서)

부소산성(扶蘇山城)에 올라

우국충절(憂國忠節)에 몸 바쳤다고 한다.
망국정절(亡國貞節)에 꽃나비 되었다고 한다.

우국충심(憂國忠心)과 근신모범(勤愼模範)은 아득한 전설로 남고
국가와 공익은 잊은 채 수분(守分)의 도(度)를 넘어
내 하나, 내 가족, 내 지역의 이해와 탐욕에 빠진
정치, 언론, 공기관에서 일하는 작금의 작자들!

자기와 황금만을 숭배하는 희대의 괴물이 되어 가는데
이 괴물들과 어이 함께 살거나!
사비성 충절의 전설이 잊힐 날도 멀잖구나.

(2016. 7. 14. 부소산성에 올라)

지리산 종주(縱走)

오랜만에 다시 밟는 지리산 종주,
오르막, 내리막, 평길, 바윗길, 아늑한 숲길.
노고단, 천왕봉 60여 리 산행길이
60 훌쩍 넘게 살아온 내 삶의 길 같았다.

가슴 설레게 밀려오는 노고단 운해에
못 풀고 가두어 둔 삶의 매듭들 풀어 제쳤다.
북두칠성 별빛 따라 천왕봉에 올라
여명을 뚫고 솟는 찬연한 햇살을 받으며
또 주어진 하루에 무한 감사드렸다.
발바닥 부르트고 종아리 땡기는 긴 산길에
세상 제일 맛이 물이라는 것도 알았다.

이제 언제 또 이 길을 다시 걸으랴.
저 고운 아침 햇살과

서산에 번지는 붉은 노을빛은
내일도 또 내일도
붉게 붉게 타오르겠지만.

무엇이 귀하고 소중한 줄도 모르고
주어진 하루, 하루가 끝없는 줄만 알았던
인생 여정의 끝자락 황혼 길에 서서
섧고 그리움에 절인 이 가슴 열어젖히면
그 빛도 저리 곱고 붉게 번질까.
서편에 번지는 노을빛에 가슴이 아린다.

(2016. 8. 12. 지리산 종주를 마치고)

제5부

헤매 도는 이역 땅

– 우리 꽃이 뭐길래

만주로, 백두로, 사할린으로
이역 땅 두메산골 헤매 돌며 찾는가?
고와서도 아니고 탐나서도 아니다.
내 것 아닌 우리 것이기에
찾아 헤매 도는 신토불이 마음
뉘라서 알까?

카밀레

우리 꽃이 뭐길래?

우리 꽃이 뭐길래
만주로, 백두로, 사할린으로
이역 땅 두메산골 헤매 돌며 찾는가?

남북이 가로막아
만날 수 없는 들꽃도 있고
기록에만 남아 있되
찾지 못한 우리 꽃도 있다.

대대손손 이 강산에
함께 살아온 동반자였기에
내 것이 아닌 우리 꽃이기에
그 삶이 알고 싶고
행적을 묻고 싶다.

고와서도 아니고

탐나서도 아니다.
이 몸과 태어난 땅은 하나요
역사와 문화도 신토불이(身土不二),
그 바탕이 바로 우리 식물이기에
오늘도 우리 풀과 나무를 찾는다.

내 몸도 내 것이 아니요
이 세상에 내 것은 하나도 없거늘
내 것 아닌 우리 것이기에
찾아 헤매 도는 신토불이 마음
뉘라서 알까?

(2015. 8. 3. 사할린에서)

선해란초, 왕별꽃

사할린 꽃 탐방길

하늘엔 꽃구름
땅 위엔 꽃 벌판
꽃향 찾아 나비 날 듯
꽃 따라 헤매 도는
꽃쟁이 여로.

길길 마다 이어지는
꽃 더미, 꽃 물결 속에
날 가는 줄도 잊겠네.
사할린 꽃 탐방길.

(2015. 8. 3. 사할린 꽃 탐방길에서)

웅기솜나물

웅기솜나물

한낱 전설에 불과했다.
아련한 소문뿐
보고파도 만날 수 없었기에.

혹한의 동토(凍土)에서
거세고 차가운 바닷바람 벗 삼아
여리고 앳된 새싹을 내고
질주하듯 스치는
북극의 한여름 태양 아래
밝고 환한 함박웃음을 짓는 꽃!

간절한 기다림과 절절한 그리움 있어
오늘 비로소 너를 만났다.

겹겹이 넘어온 하 많은 시련인 듯
함박웃음 아래 포엽 실타래 엉클어지고
기다림에 지친 기약 없는 그리움인 양
갯바람에 춤사위는 끝없이 이어진다.

그리움과 간절함이 이뤄낸 만남!
다시 못 올 작별인 양
왜, 내 마음 머무는가?
사할린의 웅기솜나물.

(2015. 8. 5 사할린에서)

갯별꽃

갯별꽃

혹한과 눈보라, 북극의 하늘 아래
적막과 태고의 침묵을 벗 삼아
한 잎 한 잎 켜켜이 인고로 쌓아 올린
마추픽추 돌벽 같은 초록 망루.

초록 망루 우듬지에 피어나는 꽃!
한을 넘어선 푸른 꿈 빛,
안드로메다의 창백한 별빛 받아
신비롭게 피워낸 꽃인가?
그 비밀을 누가 알랴.

이 세상도 아닌 저 먼 나라
한도 간난도 없이 꿈으로 가득 찬
그 별빛 나라의 간절한 표상처럼
영롱한 황백색으로 소롯이 피어나는
사할린 해변의 갯별꽃.

(2015. 8. 3. 사할린 토마리 해변에서)

갯지치 꽃

갯지치

청색, 자색 고운 꽃망울
옹기종기 둘러 모여
다소곳이 고개 숙여
귀엣말 속삭인다.

별빛 속 하늘과 달빛 아래 푸른 바다
둘만의 밤새 비밀스러운 이야기.
아득한 수평선 저 너머로부터
밤새 달려온 파도의 속삭임.
후덕한 다육질 잎에 고이 안겨
청잣빛, 분홍빛 꽃으로 피어난다.

별만큼이나 하 많은 사연 모아
주렁주렁 피워 올린 바닷가 갯지치 꽃.
한 맺힌 분노는 분홍빛이 되었고
뼈저린 설움은 청잣빛이 되었나?
알알이 사연 담은 갯지치 맑은 꽃.

아직도 삭지 않은 분노와 슬픔이
꽃이 되어 피어난다.
초롱처럼 피어난다.
사할린 해변의 갯지치 꽃!

(2015. 8. 3. 사할린 홀름스크 해변에서)

돌매화(암매)

돌매화나무(암매)

수천 년이 가고 가고
수만 년 세월이 또 흘러도
커져만 가는 그리움 있다.

기쁨의 절정이 눈물이듯
그리움의 끝은 멈춤인가.
빛살처럼 세월은 흐르는데
성장을 멈춘 돌매화는
그리움의 꽃망울만 키워 간다.

얼어붙은 그리움.
잃어버린 시절 언제 오려나.
고단한 돌매화의 꿈은 하늘에 이르고
해마다 피워내는 꽃은 몸체보다 크다.
고단하고 절박한 그리움이
너무도 큰 탓이리라.

(2016. 8. 2 홋카이도 다우세츠다케에서)

월귤

월귤꽃 그리움

하늘과 땅, 산과 바다의
비밀스러운 밤의 속삭임 들으며
함초롬히 자랐다.
은은한 숲 바람 소리와
가녀린 별빛에
외로움 달래면서.

그리움에 애만 닳아
심해(深海) 같은 어둠과 함묵 속에
맑고 창백하게 피어난 꽃.
새어드는 가녀린 별빛과
감싸 주는 해무에 싸여
남몰래 키워온 연분홍 마음이다.

별빛에 묻어둔 그리움
백옥처럼 바래만 가는데
언제 이 마음 전할까?
애타는 기다림은
붉디붉은 보주(寶珠)로 영글어 간다.

(2015. 8. 1 사할린 갯가에서)

사스래나무 숲

자작나무 숲을 지나
오르고 오르니
키 낮은 사스래나무 숲이다.

인간의 숨결 멀리하고
태고의 적막 찾아
높고 깊은 산 속 차가운 땅에
자리 잡았나 보다.

거친 비바람 함께하며
세찬 바람엔 키 낮추고
독한 추위엔
하얀 수피 한 겹 더할 뿐이다.

굳세고 질긴 사스래나무,
그래도 못 견딜 건
외로움인가 보다.

높고 깊은 산 속 차가운 땅에서
지독한 외로움 있어

무리지어 달래며 산다.
키 낮춰 더불어 산다.
얼싸안고 기대며 산다.

(2016. 8. 2 라우스다케 사스래나무 숲에서)

나도수정초

나도수정초

어둑한 숲속에서
섬뜩하게 피어나는
하얀 유령 꽃.

어둡고 무거운 숲속의 침묵이
긴긴날 쌓이고 쌓여
한 송이 꽃이 되어 피는가?

심해의 침묵을 헤아리듯
고개 숙인 해마(海馬)처럼
전신을 곤두세운 귀 기울임에
숲속의 침묵이 녹아들고.

숲속 천 년의 고요 속
비밀 속삭임은
바람 따라 흐르고
내뱉지 못한 태산 같은 침묵은
맑디맑은 수정초로 피어난다.

(2014. 5. 3 대마도 아리아께 산에서)

실거리나무

실거리나무 꽃

짙푸른 이파리에 샛노란 꽃잎
화룡점정의 붉은 꽃술.

정녕 요화(妖花)인데
장미에 가시 있듯
실거리에도 가시가 있다.

들여다보는 눈길마저
덜컥 낚아챌 듯한
암괭이 발톱 같은 숨겨진 낚시.

고운 꽃에 가시가 있듯
완벽 無謬(무류)는 없다.
우리네 세상사도 그러하다.
그래서 살맛 나는 세상이다.

(2014. 5. 5. 대마도에서)

시로미

시로미

별 아래 깊고 고적한 벌판
북극성 별빛 모으고
살을 에는 거친 갯바람 속
대양의 해무(海霧)에 잠겨
꿋꿋이 견뎌온 모진 삶.

태고의 침묵과
쉴 새 없는 파도의 속삭임
한데 어울려 영글었다.
초록빛, 빨간빛 사연 담아
알알이 영근 까만 열매.

영겁(永劫)의 세월
끝도 시작도 없는 기다림.
낮추고 낮춰 이어 온 삶.
영롱한 흑진주 되어
새 생(生)을 기다린다.

(2015. 8. 1 사할린 시로미 군락지 앞에서)

아리아께 산(山)을 오르며

선 긋고 벽 쌓고
네 땅 내 땅 구분 짓고
살아가는 인간사.

현해탄 넘고 절차 밟아
대마도의 아리아케 산을 오른다.

한 잎, 한 그루 눈 맞춤하는
길섶에 서 있는 풀꽃들
모두가 정겹고 낯익은 풀꽃,
어! 니들 언제 이곳에 왔나?
푸근한 내 고향 뒷산 같다.

굽이굽이 능선 마루
이어져 뻗는 곳에
기후 맞고 풍토 맞으면
바람 따라 구름 따라
흐르다 머무는
풀꽃 세상의 자유로움이여!
자연 속 삶이 이러해야 하거늘.

(2014. 5. 3 대마도 아리아께(有名) 산에서)

원시림 숲속에서

숲 향기마저 무겁게 가라앉고
대낮 햇살마저
꺾여 꺾여 새어드는 곳.

크고 작고,
낮고 높은 초목이
긴 세월 영고성쇠(榮枯盛衰) 끝에
무질서가 질서가 되어
비로소 자리매김한 숲속.

전설 같은 긴 세월의
신비와 고요에 싸인 원시림에
한발 한발 들이미는
길짐승 발걸음 하나,

수억 겁의 세월을 밟으며
고요와 침묵을 깨뜨린다.
온몸이 전율에 잠기어 드는
원시림 숲속 속살을 더듬는다.

아!
태산 같은 세월의 무게에
두려움이 인다.

(2014. 5. 4. 대마도 타테라 산 원시림에서)

고향이 따로 있나

눈에 익은 푸나무
더불어 어우러진 산야(山野)
풀꽃과 눈 맞춤하고
예서제서 미소 주고받으니
푸근하고 정겹고
편한 마음 한량없다.

낯섦 없고
외롭지 않고
다정한 눈 맞춤
함께 할 수 있다면
어디인들 고향 아니런가.

국경도, 타향도
부질없는 심사(心事)였네.
고향이 따로 있나?
설지 않은 산천초목
이곳이 바로 고향인 것을.

(2014. 5. 6. 대마도 산야에서)

발리의 새 아침에

하늘, 땅, 바다가 합일된
어둠과 침묵 속의 발리 땅에
여명의 새 빛이
하늘과 바다를 가른다.

천 년을 두고두고
뻗치는 금빛 햇살
어둠의 세계를 밀어내고
광활한 천지를 일깨운다.
빛을 뿌린다.
생명의 빛이다.

간절히 기도한다.
오늘 새로이 탄생하는
새 가정 무궁 행복하고
온 가족 영원 강녕하기를 빈다.

주어진 것에 늘 만족하고
작은 데서 기쁨과 행복을 찾기를.

오지 않는 내일보다
지금에 최선을 다하고
매사에 감사하고
사랑과 행복한 마음이기를.

간절히 기도한다.
발리의 새 아침에

(2014. 8. 2 발리의 새 아침에)

발리에서의 패러세일링

아뜩한 순간
하늘로 치솟았다.

하늘을 난다.
세상이 발아래 있다.
한 마리 물새처럼 훨훨
창공을 휘젓는다.

쪽빛 푸른 인도양 수평선 너머로
아득히 하늘이 이어 가고
발아래 바닷물이 유리처럼 맑다.
사람 사는 세상이 소꿉놀이 조가비 같다.

하지만 순간,
이내 쏜살같이 추락하고
본연의 자리에 선다.
언제 하늘을 날았느냐는 듯,

언제 그런 적이 있었는가 싶다.

일장춘몽이고 환상인 듯싶다.
우리네 사는 세상살이가
바로 이런 것 아닌가?

지금이 창공이고 하늘에 있는 듯 살자.
영원한 것은 없다.
추락은 순간이고
우리네 삶도 순간이다.

(2014. 8. 5 발리 비치에서의 패러세일링)

아리야발 사원에서

수천 년의 흐름 속에
있는 듯 없는 듯
없는 듯 있는 듯
몽골 대자연 품에 안겨 온
아리야발 사원

한때의 융성과 호사도
사라질 뻔했던 또 다른 한때도
무상한 변화 속의 하나일 뿐
있음도 없음도
무상(無常)이 항상(恒常) 임을
대자연이 말해 주는가?

흐르는 세월 속에
있는 듯 없는 듯
오늘도 내일도
또 내일도 그대로이리.

요원(遙遠) 벌판 굽어보며
초원에 잠긴 아리야발 사원

(2014. 8. 15. 몽골리아 아리야발 사원에서)

아! 사할린

그 누가 알랴?
가족 떠난 외로움을
고향 잃은 서글픔을
국적 잃은 참담함을.
수륙만리 이국 하늘 사할린 해변에서
고국 하늘 바라보며 바람처럼 스러져 간
임들의 슬픈 행로를 그 누가 알랴!

망망대해 수평선 너머
가물거리며 나타날 듯한 까만 배 한 척
행여 고국 가자!
날 찾는 귀국선인가?
기다리다 기다리다
지쳐 사그라진 외로운 넋들이여!

얼어 죽고, 굶어 죽고
애타 죽은 가엾은 넋들이여!

한 맺힌 그리움은 세월 갈수록 짙어만 가고
보고픈 부모 형제는 밤낮으로 눈앞에 어른대는데

70년을 기다려 온 한 맺힌 응어리
백 년 안에 스러지는 짧은 생이지만
천 년 가고 만 년 간들 그 응어리 풀리리오.

한 서리고 쌓이고 맺혀만 가는
아! 사할린.
칠흑의 차가운 밤하늘을
갈 곳 잃어 떠도는 영령(英靈)이여!
창공에 빛나는 별빛 되소서.
바람 따라 흐르는 구름 되소서.

그리하여
별빛으로 오소서.
구름으로 오소서.
꿈에도 잊지 못했던
임의 고향 하늘에
아! 사할린의 임들이여!

(2015. 8. 5 사할린 코르사코프 해안에서)

몽골초원에서

바람이 분다.

광활한 몽골초원에
바람이 분다.

백설의 무변광야 휘젓던 바람,
꼬물대는 아지랑이 물결 되어
얼어붙은 땅의 생령(生靈)을 일깨운다.
새싹이 돋고 꽃이 피어난다.

바람 없는 초원에
어찌 생명이 넘실대고
바람 없이 피는 꽃에
어찌 향기가 있겠는가?

세상은 바람이다.
바람은 생명이요
힘이고 향기이다.

겨우내 얼어붙은 쇳덩이 같은 땅을
쓰다듬고 녹이는 것도,
장대 같은 빗줄기로 대지를 적시고
초목 뿌리 깊이 내리게 하는 것도,

가을 햇볕 아래 열매 영글어
황금물결 일렁이게 하는 것도,
모두가 바람이다.

때론 광풍이 되고 눈보라가 되어
낡은 생명 거두어 사라지게 하고

지친 땅을 쉬게 하며
세상천지를 원점으로 되돌리는 것도
모두가 바람이다.

아! 몽골초원의 바람!
광활한 벌판에 바람이 멈추는 날
대지의 초목도
땅 위의 뭇 생명도
생을 멈추고 사라지리라.

저 멀리 지평선에서 불어오는 바람
벌판을 흔들고 생명을 뿌리며
새로운 전설과 향기를 남긴 채
사라져 간다.

바람은 생명이요 전설이다,
잠자던 대지는 바람에서 생명을 얻고

흔들리며 쓰러지듯 자란 초목은
곱고 향기로운 꽃을 피워
바람을 맞이한다.

끝없이 이어져 온 세상풍파!
나에게 부는 바람은
어디서 불어 어디로 가는가?
오늘도 바람 있어
아직 살아있음을 느끼고
바람 더불어 들숨, 날숨을 쉰다.

바람에 시달린 대초원의 초목은
꽃과 향기로 바람을 맞이하는데
세상풍파에 시달린 나는 무엇으로
나의 바람을 맞이할까?

오늘도 바람이 분다.
몽골초원에도,
나에게도.

(2014. 8. 16. 몽골리아 테렐지 국립공원 초원에서)

금매화

홋카이도 다이세츠산에 올라

같은 하늘 밑이라고 어디든 같으랴.
70여 년 전 징용 광부의 한이 서린 땅.
혹한과 오지의 버려진 땅에서
마지못해 주어진 삶을 연명하다가
들풀처럼 사라진 임들의 혼이
아직도 갈 곳 잃어 헤매 도는 홋카이도.
세월 흘러 구름 따라 오늘 여기 섰다.

만년설과 잔설이 널브러진 땅,
여린 들풀이 모진 삶을 살아가는 다이세츠산.
인간사 밉다고 산천에 피는 꽃마저 미우랴.
한 서린 임들의 혼령이 배인 땅이지만
인간사(人間事)는 잊어버리자.
신비에 싸인 산천과 곱게 피는 들풀을 보며
어제도 잊자.
오늘과 내일만 보자.

내게 주어진 남은 세월,
극한의 여건에서도 최상의 꽃을 피우는
말 없는 들풀과 더불어 머무는 무상(無常)의 자연.

산과 들, 구름과 바람
이 곱고 예쁜 것만 보기에도 너무 짧지 않은가.

(2016. 7. 31 홋카이도 다이세츠산에서)

머위

설산의 새싹

설산의 새싹은 알고 있다.
얼어붙은 땅속에 봄이 있음을.

설산의 새싹은 알고 있다.
혹한이 깊을수록 봄이 다가옴을.

수수만년 생을 이어온 고산식물.
햇살 품은 눈벌판 끝자락에
실핏줄 같은 물줄기 번지면
금세 꽃 피워 열매 맺을 듯
꽃망울부터 밀어 올린다.

설산의 새싹은
어둠 깊어 혹한과 시련이 클수록
희망을 키우고 기다림을 즐긴다.
희망과 기다림은 오직
살아있는 생명체(生命體)만의 특권이다.

(2016. 7. 31. 홋카이도 다이세츠산에서)

구름패랭이꽃

세상에 고운 것은

바람 일 적마다 세상이 휘둘리듯
갯가에 만발한 구름패랭이꽃,
봉두난발 분홍 꽃잎이
분분하게 흔들대니
현기증 일 듯도 하다만.

그 또한 고우니
야릇도 하다.
본시 그러함 때문인가.

세상에 고운 것은
아무래도 고운 것은
있는 그대로인 것.

빼고 더함이 없는
있는 그대로의 산천
한 떨기 작은 꽃이
그래서 곱구나.

(2016. 8. 1 홋카이도 이쿠시나 원생화원에서)

세월은 무상(無常)하다

세월이 흐른다.
그 앞에 항상(恒常)은 없다.
만물이 생멸하고 변화한다.

살아 있는 모든 것은 물론
영원하리라는 땅덩이도
세월 앞에 무상하다.

삼천 년 자라온 노쓰케 반도
일백 년 못다 할 삶이
어찌 삼천 년을 말할꼬.
다만 삼천 년을 이어온 흐름 속
그 한순간 여기에 서 있을 뿐이다.

모른다. 긴 세월은.
멀고 큰 것은 잊자.
서울역 앞 노숙자가
소주 한 병 값이 절박하지
빌딩 한 채 값은 알아 무엇 하랴.

고단한 하루
가슴 아픈 하루
불평, 쌈박질, 근심, 걱정 잊자.
유정(有情)한 인생 백 년
그것도 한순간이다.
사랑만 하기에도 너무 짧다.
세월 따라 스러질 우리의 삶.

(2016. 8. 3 홋카이도 노쓰케 반도에서)

저자 후기, 못 다 쓴 말들

제4 꽃시집을 내면서 많은 것들을 생각해야 했습니다. 제3 꽃시집을 발간(2014. 1. 1)한 이후에도 계속해서 우리 꽃을 찾아 행동반경을 넓혀 왔습니다. 우리 식물도감에는 있지만 가볼 수 없는 북한 땅에 자라고 있어 연변 일대와 백두산, 몽골, 사할린, 일본까지 탐방했습니다. 산들꽃을 보는 느낌과 생각도 많이 달라졌습니다. 그 사이 하나둘 글이 쌓이자 다시 시집을 '낼까 말까?' 고심하다가 2014년부터 2016년까지 3년간의 행적을 다시 책자로 엮었습니다.

서문에 밝힌 바처럼 독서 활동이 멀어진 요즈음 시대를 생각해 굳이 읽지 않고 보기만 해도 산들꽃을 알 수 있도록 사진을 넣기로 했습니다. 그리고 '작품해설'을 첨부하지 않기로 했습니다. 자기가 쓴 글을 두고 저자가 원하는 문인이나 소위 유명 평론가를 찾아 작품해설을 부탁하는 통례를 왠지 바꿔보고 싶었습니다. 대부분 사람들이 책을 받으면 본문도 읽기 전에 작품해설부터 읽는 경향이 있습니다. 읽는 이의 느낌과 생각을 작품해설자의 틀로 옭아매기도 하며 한편으로는 부족한 작품을 유려한 평론으로 장식하는 경향도 없지 않다고 생각했습니다. 간청에 의한 작품해설을 책 끝에 붙이는 것보다는 차라리 본문에서 글의 형식이나 흐름 때문에 못다 쓴, 시 한 구절에 얽힌 제 느낌과 생각을 반추하며 그대로 적어보고 싶었습니다. 시 한 편 한 편에 담긴 배경과 느낌 그리고 산들꽃이라는 식물을 보는 나 자신, 식물의 한살이를 통한 생의 의미와 그 삶을 통하여 본 생각과 추억을 재 정리해보기로 한 것입니다.

시(詩)란 문학의 한 장르로서 '자연이나 인생에 대하여 일어나는 감흥과 사상 따위를 함축적이고 운율적인 언어로 표현한 글'이라고 합니다. 제가 펴낸 시집의 글이 시(詩)라고 하기에는 턱없이 부족합니다. 하지만 그동안 펴낸 졸저(拙著)를 되돌아보니 풀꽃에 대해 느낌과 생각에 한 줄기 흐름이 있어 보입니다.

처음 가볍게, 지천명(知天命)의 나이 초반에 공직을 떠난 무료와 암울한 시간을 벗어나고자 풀꽃에 관심을 두게 되었습니다. 꽃의 화려한 겉모습의 아름다움만을 보다가 점점 감춰진 아름다움이 보이기 시작했습니다. 풀꽃마다 서로 다른 모양과 형태, 색깔과 향이 있으며 나름대로 다른 특성이 바로 고유의 숨겨진 아름다움이었습니다. 그 풀꽃만이 지니는 특성을 보면서 이들에게도 동물과 마찬가지의 생(生)이 있고 그 한살이가 동물의 생명 살이와 다를 바 없는 하나의 생애(生涯)이며 우리 인간의 삶과 같아 보였습니다.

인간이 자신의 이해관계에 근거한 잣대로 '잡초'라 부르는 하찮은 풀때기에도 한 생을 살아가기 위한 또한, 다음 세대를 이어가기 위한 생존전략과 지혜가 있고 생을 위한 처절하고도 현명한 선택 속에 변화해 온 과정이 보이기 시작했습니다. 살아 있는 생체의 하나로서 생명의 존엄과 고귀함에 이어 이 지구상에서 같은 시대를 살아가는 시간과 공간의 공존체로서의 풀꽃이 보이기 시작한 것입니다. 이 과정에서 느끼는 저만의 생각과 느낌을 기록했을 뿐입니다. 따라서 제3자인 일반인에게는 아무런 감흥을 불러오지도 않을 수 있는 글이라서 시집이라 하기에는 졸렬한 활자 모음임을 고백합니다.

그간 출간한 〈졸저〉의 서문을 훑어보니 풀꽃에 대한 생각의 변천이 드러나 보였습니다.
처음 꽃에 대한 관심이 커지면서 꽃을 알아가게 되었고 〈1집 꽃 벌판 저 너머로〉
꽃의 고운 모습을 사진으로 담아 그 느낌을 글로 첨부하고 〈2집 꽃 사진 한 장〉
풀꽃 더불어 자연 속에 생의 공존체로서 시간과 공간을 함께 했고 〈3집 꽃 따라 구름 따라〉
이제는 혼이 흔들리는 영적 공동체가 되어 가는 과정인가 싶기도 합니다. 〈4집 꽃 사랑, 혼이 흔들리는 만남〉

"야생화에 빠져 산과 들을 쏘다니고 고운 모습 간직하고파 사진을 찍고, 그래도 또 아쉬워 글을 썼습니다. (…)" 첫 번째 시집 「꽃 벌판 저 너머로」를 내면서 쓴 서문입니다.

"꽃이 좋고 풀이 좋았습니다. 척박하고 외진 곳 가리지 않고 땅과 바위, 물속 어디에서나 강한 생명을 이어가고, 인간이 할퀴고 상처 낸 맨땅 어디에나 바로바로 새싹을 틔워 온갖 생명이 살아갈 수 있는 터를 마련해주는 들풀과 꽃이 너무 고왔습니다. 자연의 흐름에 순응하여 주어진 환경을 탓하지 않고 생에 대한 끝없는 애착과 인내로 자연의 섭리에 따라 사는, 들과 산의 풀은 각기 특유의 아름다움과 이름을 간직한 채 언제 봐도 우리에게 너무도 많은 가르침을 주고 있었습니다. 다만, 우리의 무관심이 그 뜻을 알지 못하고 이름을 몰랐을 뿐입니다. (…)" 두 번째 시집 「꽃 사진 한 장」을 내면서 쓴 서문입니다.

"아쉬운 세상사, 미움과 욕심과 미련에 싸여 간헐천 열수(熱水)처럼 회한과 여한이 뻗칠 때면 부질없는 공념(空念)을 털어버리고자 몸부림쳤습니다. 발길 가는 대로 꽃 따라, 바람 따라, 구름 따라 매임 없이 흐르고, 속절없이 떠돌아 날다 지치면 쉬어 가고, 가다가 허기지면 풀숲에 드는 산새가 되리라. 발 닿고 몸 가는 곳에서 만난 쪼매한 풀과 나무들! 무심코 지나칠 법도 한, 발아래 밟히는 풀꽃들! 크건 작건, 보잘 것 있건 없건 간에 그 이파리 하나, 꽃 한 송이에 배어있는 무한한 시간과 끝없는 생의 의미를 찾아 정성을 다해 사진을 찍고 마음을 주었습니다. 어떠한 모진 환경에서도 한 줌의 흙만 있으면 끝까지 생(生)을 포기하지 아니하고 온갖 간난 속에서도 꽃을 피워 대물림하는 들풀의 삶에서 한 줌의 흙에 자족하는 빈 마음과 유연하게 이어온 숭엄한 생명력을 보았습니다. 위에서 내려다볼 때와 달리 카메라 앵글을 낮추면 낮출수록 더욱 곱게 다가오는 들풀의 아름다운 자태를 보았습니다." 세 번째 시집 「꽃 따라 구름 따라」을 내면서 쓴 서문입니다.

사람이 중심이 되는 환경(環境)이 아닌 만생(萬生)과 영(靈)이 함께 존재하며 사는 자연에서 보면 까닭 없는 것이 없습니다. 생(生)과 무생(無生)이 모두 의미를 지니는 작위(作爲)로 보이고 서로가 주고받는 공존체로 느껴졌습니다. 하지만 지금 우리는 과학적 합리주의에 기초한 근대문명의 늪에 빠져 인간이 알지 못하고 느끼지 못하면서도 과학적으로 설명되지 않는 모든 현상을 부정하거나 폄하해 왔습니다. 갈수록 기계문명과 과학 기술에 의존하면서 자연과 공감하는 감성적 교류 기능은 퇴화할 수밖에 없었습니다. 이제 남은 나의 삶은 퇴화한 자연과의 교감력을 회복하고 산들꽃 더불어 자연과 소통하는 자연 속 공존체의 길을 가고 싶습니다. 이러한 바람이 지속될 수 있는 맑고 건전한 심신이 함께 하기를 바라는 마음으로 이 글을 쓰고 있습니다.

제4집에 실린 각 부(部)의 시제(詩題)와 그때의 상황을 다시 한번 되돌아보며 산들꽃과 함께

하며 이들과 자연이라는 창을 통해서 본 생각과 느낌을 회상해봅니다.

제1부 꽃 사랑 ─꽃을 사랑하는 이 차마 꺾지 못한다.

꽃을 좋아하는 이,
탐을 낸다.
꺾어 들고 싶어 한다.

꽃을 사랑하는 이,
혼을 본다.
차마 꺾지 못한다.

혼이 흔들리는 만남
사랑이란
이런 것인가 보다.

- '꽃 사랑' (2014. 3. 16.) 중에서

좋아하는 것과 사랑하는 것의 차이가 꽃 앞에 서니 확연해졌습니다. 봄이라 하지만 지난해의 잔흔이 적멸의 침잠에 폭 잠긴 듯 침묵과 고요만이 무겁게 흐르는 산골짜기를 지나다가 만난 꽃, 차갑고 삭막한 어두운 숲길에 횃불인 양 화사하게 피어 올린 꽃이 얼마나 사랑스러웠는지 모릅니다. 봄빛. 차갑고 하얗게 얼어붙은 숲길, 생기 떠난 적막감은 골골이 가득한데 황금빛 꽃잎 더불어 화사한 미소 넘쳐나는 새봄의 꽃, 첫 상면에 나의 혼이 흔들리듯 정신이 아뜩해졌습니다. 그 후에도 한여름 숲길과 단풍 짙은 가을 들길에서, 위태위태한 바위 끝 언저리에서, 꽉 찬 바위 틈새에서 피워내는 고운 꽃과 생의 절규인 양 토해 내는 옹골찬 작은 꽃 한 송이에서 생명의 혼을 본 듯한 전율을 느낀 적이 한두 번이 아니었습니다. 꽃을 좋아하고, 보고 싶고, 찾아 헤맨 지 10여 년. 풀꽃 그리움이 깊어가더니만 이제는 '영혼마저 흔들리는' '꽃 사랑'에 푹 빠진 모양입니다.

매화에 춘설이 내리는 까닭은
눈비 차갑고 바람 사나운 날
다잡고 쉬어가라는 따스한 보살핌이요
함께 노닐 벌, 나비도 없는 때
훈풍 기다려 함께 어울리라는 바람이라.
(…)
가없는 자연의 만물 사랑에
어찌 까닭 없는 시샘이 있으랴.
신비하고 오묘한 가르침에 옷깃을 여민다.

- '매화에 춘설이 내리는 까닭은' (2016. 2. 28.) 중에서

찬바람에 떠는 꽃잎이 애처롭고 꽃가지에 내리는 춘설이 야속하고 매정해 보였습니다. 저 연약한 꽃은 왜 저리 서둘러 피어나고 저 꽃에 설한(雪寒)은 또 무슨 까닭일까? 하지만 그것이 자연의 순리요 공생의 다독임으로 보였습니다. 인간적 감성과 만생과 무생이 뒤엉켜 공존하는 자연의 신비 속에서 끝없는 자연의 만물 사랑을 찾아보게 되었습니다.

파르르 떨리는
가녀린 꽃 이파리
스치는 바람 아직 차가운데
나오고 싶어 나왔을까?
피고 싶어 피었을까?
삶은 의지(意志)라지만
생은 무의지(無意志).
(…)

- '복수초' (2016. 3. 10) 중에서

삭막하고 황량한 겨울철, 꽃구경은커녕 새파란 풀이파리마저 귀한 시기, 을씨년스럽게 날씨마저 차가운 겨울 끝자락에 화사하고 탐스러운 꽃을 피워 올리니 이 꽃을 보고 반갑지 않은 사

람이 어디 있으리오. 하지만 스치는 바람 차갑고 이웃도 없고 벌 나비도 없는 황량한 벌판에 오고 싶어 왔을까? 피고 싶어 피었을까? 삶은 의지(意志)라지만 생은 무의지(無意志)인데. 제 몸도 미처 못 추스른 채 큼직한 황금빛 꽃송이 피워 올리는 무정(無情)하고 비정(非情)한 탄생으로 보입니다. 하지만 '봄의 전령 복수초'라고 반기며 즐거워하니 설한 풍파에 시달리는 꽃을 몹시도 반기는 모습이 무정하고 비정해 보이기도 했습니다.

> 꿈쩍도 않더니만
> 기척도 없더니만
> 어디에 꾹꾹 숨겨 두었나.
> 저 화려하고 농염한 빛깔.
> (…)
> 봄 햇살 깜짝 사이에
> 화사한 머릿결 뒤로 젖히며
> 노도처럼 달겨드는 저 불꽃.

> - '활짝 핀 얼레지' (2016.4.5.) 중에서

침묵의 겨울 고이 참다가 불꽃처럼 타오르는 열정으로 활짝 피워내는 얼레지 꽃. 가슴이 터질 듯한 황홀감에 젖어 질식할 듯 숨을 멈추게 하는 요염하고 화사한 꽃에 이 몸도 마냥 끌려갑니다. 꽃의 모습에 동화(同化) 되어가고 일체가 되어가는 삶을 산다면 더 무엇을 바라리오.

> (…)
> 외로이 핀 한 송이 산자고는
> 내 가슴에 안기고
> 나는 봉긋 솟은
> 너름한 오름에 안긴다.

> - '오름에 핀 산자고' (2016. 4. 9.) 중에서

넓고 부드러운 곡선을 지닌 제주의 오름은 언제 보아도, 올라도 편안하고 아늑한 엄마의 품

안 같습니다. 그 안에 홀로 핀 꽃 한 송이가 바로 나 자신인 것처럼 느껴지는 평온함을 줍니다. 다감하고 부드러운 풀밭 속의 작은 꽃, 내 마음에 핀 꽃인 양 여겼더니 꽃과 더불어 내가 오름의 꽃입니다. 나 또한 오름 안의 하나일 뿐이요 모두가 한 몸인 것이 바로 대자연입니다. 그것을 느끼는 데는 서로의 소통이 필요할 뿐이었습니다.

청잣빛 푸른 하늘이
잠기어 있다.
주고받는 사랑도
품고 있다.
앙증스레 작은 꽃 한 송이.

귀히 귀히 찾아야만
드러내는 꽃!
알아주는 이의 가슴 속에서만
소롯이 피어나는 꽃.

귀히 찾아야만
알아주어야만
비로소 다가오는 사랑,
바로 그런 꽃이다.

- '애기도라지꽃' (2014. 6. 6) 전문

가늘고 여린 가지 끝에 피워 올린 청아하고 밝은 꽃 한 송이, 작으면서도 작아 보이지 않고 오밀조밀 모양 갖춘, 되레 탐스럽고 단정한 품새와 매혹적인 연보랏빛의 색깔에 보는 이는 넋을 잃습니다. 작기로서니 이리도 작을꼬? 앙증맞게시리 작은 꽃! 스쳐 지나가도 눈에 띄지 않아 아는 사람만이 작심하고 찾아야만 겨우 보여주는 꽃입니다. 가느다랗게 뽑아 올린 줄기 끝에 피워 올린 꽃송이가 버거운 듯 실바람에도 쉼 없이 흔들립니다. 바람에 흔들리는 꽃의 몸짓 따라 꽃과 렌즈와 눈이 합일되는 한순간의 포착을 위해 수없이 함께 흔들리며 기다려야만 비로소 고운 자태를 카메라에 내어 주는 꽃입니다. 어느새 이 몸은 호흡도 잊은 채 앙증맞게 작은 한 송이 꽃 앞에 찰싹 엎드린 낮은 자세가 되어 간절히 바라보고 있습니다. 마음에 드는 귀한 사람 그리고 사랑도 귀하게 찾고, 알아주고, 낮은 자세로 끈질기게 기다려야 함을 일러주는 듯했습니다.

(…)
파란 꿈이 빛바래가고
어느샌가 세월 흘러
되돌아보는 날이 늘어만 갈 때

털진달래 붉게 붉게 번지어 가는 날,
황량한 윗세오름 벌판에 올라
하얀 물보라 솟았다가 사라지는
한라 앞바다 거친 파도를 바라보며
한 번쯤은 실컷 울어보고 싶다.
목놓아 불러보고 싶다.

대답 없는 나의 젊은 그림자를.
빛바랜 지난날의 붉은 마음을.
(…)

- '윗세오름 털진달래처럼. (2016. 5. 7) 중에서

(…)
툇마루 걸터앉아 바라본 치자꽃.
하얀 저고리에 흰 수건 동여맨
내 어머니의 젊은 날 초상을 본다.
두터운 하얀 꽃에 눈이 부시고
파고드는 꽃 향에 가슴 시려라.

하얀 치자 꽃에 아롱진 빗물!
여섯 아들 속앓이에 가슴 태우던
젊은 날 내 어머니의 꽃 눈물 같다.
(…)

- '치자꽃 어머니' (2015.6.8.) 중에서

　윗세오름을 붉게 물들이는 한라산의 털진달래 꽃! 바람 세찬 황량한 벌판에 붉게 타오르는 꽃물결이 얼어붙은 한라 기슭의 봄빛! 지난여름의 화려했던 모든 것을 몽땅 털어내고 앙상하게 벗어버린 바람 세찬 황량한 벌판에 봄이면 찾아오는 붉은 꽃물결! 되풀이도, 뒷걸음질도 없이 세월 따라 흐르는 인생길에 때로는 지난날이 눈물 나게 그립기도 합니다. 자연의 섭리에 따른 아름다운 변화, 황량함과 쓸쓸함에 자신을 투사(投射) 하며 카타르시스 적인 개운함을 맛보기도 합니다. 어느 날 문득 하얀 치자꽃에 어리는 빗방울에서 가슴에 남아 있는 어머님의 젊은 시절 모습이 연상됩니다. 처연한 그리움에 빠지게 하듯 잊었던 추억과 감성을 되살려내는 것 또한 꽃이요 자연이었습니다.

　(…)
삶을 위해 어찌할 수 없이
삶의 덫을 놓는 저 꽃!

산다는 것은 모두가 투쟁,
한 끼의 먹거리와 욕심 때문에
살아 있는 모든 생명은
오늘도 끝없는 투쟁을 한다.
미소와 애교, 힘과 위협으로.

어디까지가 천명(天命)이고
어디까지가 욕심일까?

- '끈끈이귀개를 보며' (2016.6.7.) 중에서

악(惡)의 꽃이 화사하다.

(…)

어둠이 있어야 밝음이 있듯

악(惡)도 있어야 선(善)이 있나 보다.

자연 속 선악과 명암은

공존하는 것인가 보다.

우리네 세상이 그러하듯이.

- '땅귀개 꽃' (2016. 10. 9) 중에서

　이유 없이 친절하게 미소를 띤 얼굴로 다가오는, 천사의 탈을 쓴 악한과 같은 음흉한 종족이 식물 세계에도 있습니다. 자신의 생존을 위해 어찌하는 수 없이 삶의 덫을 놓고서 다른 삶을 앗아가는 이 자연의 질서가 하늘의 뜻인지? 자연 속 어느 선까지가 생존과 공존의 경계선일까? 어차피 삶은 생과 사의 투쟁과 같은 것이고, 자연은 끊임없는 생존경쟁인데 인간은 피상적인 자연의 형태만 보고 가장 평화롭고 안온한 것을 자연이라 여기고 있지는 않은지? 많은 생각이 스쳐 지나가고 있었습니다. 우리 삶의 선과 악은 어디가 경계선일까?

연꽃이 피거들랑

귀띔이나 하여 주오.

보고픈 맘 항시이지만

차마 말 못 하고

연꽃 본다 둘러대고

그리로 가오리다.

(…)

- '연꽃이 피거들랑' (2015.7.5.) 중에서

　화사하고 품격 있어 보이는 하얀 연꽃 한 송이! 언제 봐도 항시 다소곳이 맑은 웃음으로 반기는 연인 같은 꽃! 시공을 초월하는 신비의 생명력을 간직한 풍요와 다산과 우주의 오묘한 섭리를 품고 있는 환상적인 꽃입니다. 그리운 이 있어 꽃 핑계 대고 찾아가는 설레는 마음을 그이가 알까마는 꽃이 있어 꽃 찾아가는 마음처럼 설레는 걸 어이하나. 연꽃은 알 것 같습니다. 우리가 꿈꾸는 사랑도 행복도, 순간에서 영원으로 이어줄 듯한 느낌이 드는 연꽃입니다.

(…)
세상 바람이 분다.
아등바등 세파에 던져진 내 삶도
수난과 시련 속에 닳고 뭉글었다.
이제는 노래하런다. 흐르는 세월을.

- '바람과 억새' (2015.10.10.) 중에서

한 줄기 바람에 가녀린 억새가 사각사각 몸 닳아가며 가을을 노래하고 하얀 억새의 솜털씨앗이 축복의 꽃잎처럼 바람 따라 흐릅니다. 거친 바람과 얼어붙은 차가운 땅에서 새싹을 틔우고 휘몰아치는 폭풍우 속에 꺾이고 부러지며 자랐습니다. 한여름 뙤약볕에 여리디여린 꽃을 피워 마르고 닳아가며 하얀 솜털씨앗을 허공에 날립니다. 바람과 폭우 속에 자라고 꽃 피워 솜털씨앗 날리는 억새의 하얀 가을 노래가 흐르는 세월 속에 온갖 시련을 겪고 살아온 우리 삶의 여정인 양 서럽고 황홀해 보입니다. 온갖 거친 세파를 헤쳐 나온 지금, 이제는 해 뜨는 해변에 서서 흘러간 지난 세월을 뒤돌아보며 다가오는 세월의 흐름을 노래하며 맞이하럽니다.

(…)
어룽진 물그림자처럼
어른대는 보고픈 얼굴
햇살 받은 물비늘처럼
번뜩이는 보고픈 마음
삭히지 못한 그리움을 어이할거나.

세월도 그리움도 섣달에 묻어가거라.
하염없는 손사래 접을 수 없어

오늘도 사각사각 앓고 닳아가는
두물머리 달뿌리풀.

- '두물머리 달뿌리풀' (2014. 12.07) 중에서

떠오르는 아침 햇살이 살포시 잠긴 두물머리. 넓고 멀고 아득히 펼쳐진 수면 위에 깃대처럼 우뚝 솟아 흔들리는 달뿌리풀 이삭, 가는 한 해를 못 잊는 그리움의 표상인 양 하염없이 갈바람에 흔들립니다. 잊을만하면 떠오르는 얼굴, 문득문득 솟구치는 보고픈 마음에 닳은 한 해가 가고 또 기약 없는 새해를 맞이하는 아쉬움인 양 달뿌리풀 손사랫짓은 그칠 줄 몰랐습니다.

(…)
들고나는 바람마다
그리움의 손짓인 양, 작별의 아쉬움인 양
쉴 새 없이 몸 흔들며 애환에 흔들렸다.
쉼 없이 만나고 헤어지는 우리 삶의 애증처럼.

적적한 고요 속에 흰 눈 무거우니
비로소 적멸의 묵상에 잠긴다.

바람 따라 시나브로 뭉글어가는
달뿌리풀의 잎과 줄기처럼
잊히고 사그라져 가는
메마르고 겨를 없던 내 삶의 지난 세월.
산마루 장송(長松)처럼 무겁게만 살았구나.

푸른 세월 지나가고 흰 눈 덮이니
모두가 한결같은 쉼과 정적(靜寂)인걸
그리도 안달 대며 애면글면 굴었던가?
겨를 없이 허둥댔던 지난 세월을.

- '몽그는 눈 속의 달뿌리풀' (2016.1.15.) 중에서

달뿌리풀 이삭 머리에 하얀 눈이 쌓였습니다. 항시 바람결에 흔들리느라 멈출 새 없는 달뿌리풀 잎새와 이삭이 모처럼 고요와 적막 속에 묻힌 듯 머리 숙여 무거운 침묵의 시간을 맞고 있습니다. 고요와 평화와 적막이 잠겨 든 은빛 세계, 숲속의 겨울 침묵에 폭 잠겨 봅니다. 비로소 온 세상에 평화가 찾아든 것 같은 겨울 풍경입니다. 허둥댔던 지난 세월 모든 것이 부질없어 보입니다. 결국은 쉼과 적멸의 세계에 이르게 될 것인데.

제2부 타는 그리움 –가슴에 묻어둔 사랑 있네.

누구나 하나쯤
가슴에 묻어둔 사랑 있어
봄인데도 횅한 바람 잠들지 않는다.
그리움은 뜨겁게 달아 오는데.

곁에 두고서 먼 그리움으로
바라보아야만 하는 사랑
기다리는 봄처럼 멀기만 하다.
봄꽃은 작작(灼灼) 피어나는데

바람처럼 떠나가야지
끝없이 펼쳐지는 봄 길 따라
평생 안고 갈 그리움 두고.

흐드러지게 피어나는
봄꽃이 울고 있다.
마른 심장에 모닥불 지핀다.
횅하니 비워버린 가슴 속에서.

뽀얀 봄 길에서 봄을 찾는 마음, 봄은 이미 와 있는데 봄 속에서 봄이 보이지 않음은 가슴에 묻어둔 그리움, 뜨겁게 달아오르는데도 먼 그리움으로 바라보아야만 하는 가슴 아픈 사랑 때문인가 봅니다. 매화 꽃가지에 앉은 직박구리 한 마리, 꽃가지에 앉았다고 해서 그 마음도 꽃 속일까 싶습니다. 언제 피어나는지도 모르게 봄꽃들은 다투어 피어나고 있는데 아직도 봄이 멀리 있는 것처럼만 보이니 봄 길 따라 구름 따라 봄맞이 나그넷길 떠나야 할까 봅니다. 평생 안고 갈 그리움 찾아 떠나는 마음으로 이제 꽃 찾아 바람처럼 훌훌 떠나고 싶을 때입니다.

(…)
지금은 어느 하늘 아래
재롱떠는 손주 앞에 두고
참꽃 물든 파란 입술 까마득히 잊은 채
주름진 얼굴에 환한 웃음꽃 피우려나?

젖은 참꽃의 붉은빛 더해지듯
세월의 주름 속에 보고픔도 더해가네.
빗속에 번지는 산비둘기 울음소리
오늘따라 내 가슴을
징하게도 흔들어 싸는 데.

- '참꽃 가스나그' (2014. 4. 22) 중에서

봄비 내리는 꽃 산길에 참꽃이 흠뻑 비에 젖었습니다. 꽃 너머 어룽대는 건넛산 희부연 그리메에 진하게 달아오른 참꽃의 붉은빛이 더더욱 붉게만 보입니다. 비에 젖은 참꽃 너머로 먼 산 바라보니 어린 시절 옆집 가스나그랑 빗속에서 참꽃 꺾어 허기 달래던 때가 그립습니다. 참꽃에 물든 파란 그 애의 입술이 글썽이는 눈물 속에 떠오릅니다. 세월 흘러 고운 모습 삭았겠지만 그래도 가슴에 맴도는 그 가스나그 눈망울, 젖은 참꽃 잎에 맺힌 옥구슬처럼 맑았던 그 눈빛, 찌든 내 가슴에 무지갯빛으로 다가옵니다. 어느새 빈 가슴은 그리움이 소용돌이치고 반짝이는 무지갯빛 속에 참꽃 가스나그가 아롱거립니다. 빗속에 산비둘기 징하게 울어 싸는 날, 참꽃도 나도 봄비에 흠뻑 젖었습니다.

> 별은
> 꿈이다.
> 멀리 있어
> 아름답다.
>
> 꽃, 그대!
> 바로 너다.
> 곁에 있어도
> 마냥 보고 잡다.

- '꽃, 그대!' (2015. 4. 8.) 전문

　백목련 밑에 서면 근접이 어려운, 뭔가 고결하고 숙연한 분위기가 묻어납니다. 화사하게 꽃 필 때 멀리 있는 별처럼 아름다웠지만, 꽃샘추위에 후두두, 한순간의 영화 끝에 바로 지고 마는 슬픈 잔해가 슬프게 합니다. 떨어진 꽃잎은 잊은 채, 갓 피어나는 그 모습만을 멀리서 바라본 그대로만 기억하고 싶습니다. 꿈속 별나라의 기억으로 남겨 두고 싶은 꽃입니다. 곁에 있어도 별 같은 먼 그리움으로 남겨두고 싶은 그 사람처럼.

> (…)
> 반짝이며 밀려오는 달빛 물결에
> 잊힌 그 사람 눈빛이 어룽지고
> 까마득하게 잊은 텅 빈 가슴에
> 빛살 그리움이 불을 켠다.
> (…)
> 이제는 그리움으로 가슴에 묻어야 할
> 윤슬처럼 밀려오는 흐노니 옛사랑.
> 허우룩한 이 마음을 뉘라서 달랠까?

- '흐노니 옛사랑' (2015. 11. 29) 중에서

　사방천지가 어둠에 잠기고 가로등 불빛만이 어둠에 갇혀 어둠을 헤치고자 안간힘을 쏟는데 동녘 하늘에 휘영청 둥근 달이 떠올라 어둠과 빛이 공존하는 신비의 달빛 세상이 열립니다. 너울지며 밀려오던 파도도 고이 수그러들고 하늘과 달, 바다의 비밀스러운 이야기가 들릴 듯하여 바다에 귀 기울여 봅니다. 먹하늘 밤바다에 휘영청 둥근 달 수평선 위 동녘 하늘에 높이곰 돋습니다. 까만 밤바다에 내리쏟는 달빛 받아 잔잔히 부서지는 은빛 물비늘이 고향의 밤바다로 나를 몰아갑니다. 너나들이 내 사랑 그린네는 지금쯤 어디서 나처럼 늙어갈까? 바람 자자 물꽃 수그러든 망망 바다에 물비늘만 어른어른 일렁이는 달빛 아래 밤바다, 애오라지 떠올리는 흐노니 옛사랑, 허우룩한 이 마음을 뉘라서 달래주리.

　　　　(…)
　　　　인생 사십이면 불혹(不惑)이라는데
　　　　꽃 내음 풀 내음에
　　　　미혹(迷惑)되는 여린 마음,
　　　　사십을 훌쩍 넘고 또 넘었지만
　　　　아직도 휘둘리는 춘심 몸살이여!

　　　　멍들고 지쳐 쓰러질지언정
　　　　봄빛 유혹에 끌리는 붉은 마음,
　　　　불혹이 자랑인가?
　　　　설렘에 떨며 가슴이 아려도
　　　　유혹 있어 행복하네.
　　　　미혹(迷惑)되니 청춘이네.

- '봄빛 유혹' (2015. 4. 25.) 중에서

　　　　햇살 내리쏟는 봄 벌판에
　　　　묶인 마음 다 풀었다.

다투듯 밀려오는 꽃물결
산천도 내 마음도 꽃 홍수에 퐁당.

노도 삿대도 다 버렸다.
네 멋대로 흐르려무나.

- '꽃 홍수에 퐁당' (2016. 3. 25) 전문

  봄이 한창 무르익어 가는 오월의 산천을 바라보노라면, 꽃 피고 새순 나는 새 생명의 기와 함성을 느끼노라면, 아찔한 현기증이 나도록 곱고 사랑스럽습니다. 해마다 맞이하는 봄이지만 해를 거듭할수록 유혹이 짙어가고 홀림에 빠져 정신이 혼미해집니다. 유혹! 유혹 있어 행복하고, 유혹 있어 사랑이 자라고, 유혹 있어야 꽃도 생물도 새 생명을 창조할 수 있습니다. 봄빛 유혹이 깊을수록 다가오는 생명의 빛을 봅니다. 산천이 새봄 꽃물결에 잠깁니다. 올봄도 몽환의 꽃 홍수에 휩쓸려 정처 없이 하염없이 봄 따라 발길 가는 대로 아니 떠날 수 없는 마음. 올 이도 갈 이도 없는 봄 길, 발 닿고 마음 가는 곳도 없이 그냥 봄 유혹에 빠져 홍수에 밀려 떠내려가듯 흐르고 싶습니다. 나만이 가슴 앓는 그리운 이, 딱히 누구도 아닌 봄 꿈길의 임을 찾아 처절한 그리움을 기쁨 삼아 고운 꽃길 더듬어 헤매 돌고 싶습니다. 갈 곳도 방향도 없이 꽃바람 부는 대로, 그저 그냥 그대로, 무작정 봄바람에 휘둘려 떠나고 싶습니다. 춘심 몸살에 휘둘리니 아직도 청춘인가 봅니다.

(…)
찬연하면서도 담담한
불타듯 하면서도 은은한
생령(生靈) 넘쳐나는 담록빛 이파리
천상의 고운 빛이다.
싱그러운 새 생명이다.

마법의 담록빛 낭자하게 피워내는
5월의 햇살은 생명의 빛이다.

그 빛 아래
나도 한 그루 나무가 되고 싶다.

- '마법의 담록빛 5월' (2016. 5. 14.) 중에서

어둑한 숲속을 파고드는 5월의 햇살 아래 역광에 비친 신갈나무의 눈부신 담록색 이파리가 하도 곱고 눈 시리게 찬연하여 한동안 넋을 잃었습니다. 꽃도 아닌, 흔하디흔한 신갈나무 이파리가 이토록 고혹적인 모습으로 나에게 다가온 적은 한 번도 없었습니다. 5월 햇살의 마법에 홀린 것만 같았습니다. 마법의 담록빛 낭자하게 피어나는 5월의 어느 날이었습니다.

제3부 삶과 세월 -무엇을 바라랴, 털고 벗고 버리거라.

(…)
떨구고 비우니
무상의 세월 속
한 줄기 하얀 그림자인 것을.
(…)
무엇을 바라랴
무엇을 감추랴
털고 벗고 버리거라.
못 이룬 꿈도, 미련도 모두가
가지 끝에 스치는 한 줄기 바람인 것을
바람에 흩어지는 한 줌 눈송이인 것을
그리도 붙잡고 떨며 몸부림이었던가?

- '자작나무 숲에서' (2014. 2. 9) 중에서

자작나무는 늦가을이 되면 더욱 눈부신 흰색 나신(裸身)을 드러내어 서양에서는 '겨울 숲의

귀부인', '숲속의 여왕'으로 불리기도 합니다. 하얀 눈이 펑펑 쏟아져 세상은 온통 하얀 백설의 세계에 갇힐 때는 살빛 감도는 하얀 자작나무 수피에 따스함이 감돌고 맑은 영혼이 충만한 정령(精靈)의 숨결이 느껴집니다. 풍성한 나뭇잎, 화려한 단풍잎 모두 떨구고, 벌거벗은 나목으로 두 팔 벌려 하늘 떠받들어 섬기는 순수하고 맑은 영혼이 감돕니다, 하얀 자작나무 끝에 스치는 바람 따라 잔가지 흔들릴 때마다 하얀 눈송이가 은빛 되어 흩어집니다. 못 이룬 꿈도 미련도 모두가 한겨울 자작나무 가지 끝에 걸린 눈송이요, 스치는 한 줄기 바람인 것을, 한순간에 날려 갈 잠시 머묾인 것을… 어인 일로 그리도 붙잡고 떨며 몸부림이었던가? 벌거벗은 하얀 몸통에 속 살빛 따스함 감춤 없이 드러낸 채로 두 팔 벌려 하늘 떠받들어 섬기는 자작나무처럼, 삶과 주위의 모든 인연을 맑고 고운 영혼으로 받들어 섬기는 자작나무 같은 삶이 그립습니다.

　　　무한 창공, 망망 대지
　　　하늘과 땅 사이
　　　외로운 점 하나.
　　　광활한 설야(雪野)에 서 있다.

　　　산 능선 너머 허공이 마주하는
　　　하얀 눈벌판에 서 있는 초목.
　　　한 생을 마치고 눈바람에 닳는다.
　　　(…)
　　　오직 한 줌의 흙으로
　　　돌아갈 것들뿐이다.
　　　(…)

　　- '설야(雪野)에 서서' (2015. 2. 4.) 중에서

　　광활한 설야에 서서 무한히 높은 하늘을 쳐다보며 끝없이 펼쳐지는 눈벌판을 바라봅니다. 길게 늘어진 산 능선 너머 허공이 마주하고 있습니다. 하늘이 잇대어 있는 곳에 홀로 서서 산의 숨소리, 땅의 호흡과 대지의 품 안, 태초의 침묵과 근원을 생각해봅니다. 사라질 유한체(有限體)인 풀과 나무들만이 눈 덮인 땅 위에 솟아나 있고 모든 생명의 근원은 눈 아래 땅속에 묻혀 세상은 태초의 원점에 잠긴 듯합니다. 움직이는 뭇 생명체는 말할 것도 없으려니와 말없이 묵

묵히 서 있는 바위도, 오랜 세월을 살아온 노목도. 한 해를 살아온 푸나무들도, 모두가 흐르는
세월 속에 무상한 것들입니다. 짧건 길건 결국은 한 줌의 흙으로 돌아갈 것들입니다.

고목에서 돋는 싹
생명의 기운을 본다.

생명!
모질고 질긴 것
곱고 숭엄한 것
천지에 가득한 것처럼 보이지만
쉬이 부서지는 것
꺾이면 추하고 허무한 것
바람처럼 사라지는 것.

하여
소중히 여겨야 하고
곱게 보아야 하고
함께 살아야 한다.

천, 지, 인, 만물은
하나의 생명이다.
옛것 없는 새것도 없다.

- '생명이란?' (2015. 7. 1.) 전문

(…)
한 백 년도 못 채울 초로 같은 세상살이.
묶이고 매이고 꽉 짜인 일상의 틈새에서
떠오르는 아침 햇살 맞는 오늘이 서럽게 곱다.

한 줌 흙이 된 고금의 영웅 절색이 무슨 소용.

곱다.
참으로 곱다.
살아 있어 곱다.

- '살아 있어 곱다.' (2015. 11. 22) 중에서

　고목 밑둥치에서 여리디여린 새순이 자라는 것을 보거나 꽃망울을 키워내는 것을 보면서 식물의 생에 대한 무한 욕구를 봅니다. 북악산 성곽길 말바위 틈새에 자라는 한 그루 소나무를 보았습니다. 흙 한 점 안 보이는 바위 속에 뿌리박은 소나무가 한양도성을 바라보며 꿋꿋이 서 있습니다. 조이고 막히고 뿌리 내릴 곳 없는 저 비좁은 바위 틈새, 무정한 바위에 뿌리 얹고 살아남아야만 하는 소나무의 숙명! 한 번 이 세상에 태어났기에 모질고 거칠어도 끈질기게 살아나야 합니다. 생(生)이 무엇이기에 한번 생이 시작하는 순간부터는 살아야 곱고 생의 끈을 놓으면 아름다움도 추함도 없는 허무한 비움이 되는가? 생! 궁극의 끝은 무엇을 위함인가? 45억 년의 지구 역사에 무수한 생명이 왔다 갔건만 살아있지 않은 것은 모두가 형체도 없는 먼지로 돌아갔습니다. 오직 살아 있는 것만이 곱고 아름다운 것입니다. 한 생명이 누리는 시작에서 끝까지의 시간, 동물은 백 년 안팎, 식물은 길어야 수백 년입니다. 45억 년의 지구 역사에 그야말로 찰나에 불과합니다. 생의 외경심을 절로 일게 하는 바위 위의 한 그루 소나무! 찰나를 머물고 갈, 내일도 모르는 허망한 한살이 운명을 타고나 이 시간을 함께하고 있는 천지 만물과 나, 참다우며 행복한 내 삶을 위해 오늘 나는 어떻게 살아야 하는가?

　(…)
두어라,
빛살이 어둠에 갇힌들,
어둠이 빛살 한둘 삼킨다고
적멸의 정적이 세상을 덮겠는가?
끝은 시작이고
절망은 희망으로 이어지는 게
자연의 섭리인 것을.

제아무리 무겁고 두텁다 한들
여명의 빛살 아래
다 흩어질 어둠 아니더냐?
(…)

- '빛살이 어둠에 갇힌들' (2016. 1. 14.) 중에서

　하룻밤 묵어가는 산중 콘도에서 내려다본 스키장 야경입니다. 깜깜한 깊은 산중, 백설이 깔린 하얀 은빛 세상에 스키장 슬로프 조명등이 외롭습니다. 사방을 둘러싼 검은 장막을 걷어 내려는 듯 조명등 한둘 안간힘을 써 보지만 어둠의 장막은 더 무겁고 두텁게 빛을 가둡니다. 산중의 어둠은 점점 깊어만 가고 외로운 조명등 불빛도 더 용을 쓰는 듯합니다. 눈 덮인 대지는 차갑게 얼어붙어 차가운 땅 위의 냉기는 밤공기를 차갑게 얼리고 깜깜한 밤하늘은 한층 더 맑아져 가는 겨울밤입니다. 밤바람 추위에 떠는 별빛도 더욱 총총히 하늘을 밝히는 밤입니다. 빛살도 어둠에 갇혀 태백산의 밤은 깊어만 갑니다.

(…)
나의 빛은 어디에,
어떻게 타오를까?
진하고 고울까?

황량하고 메마른
이 가슴 태울
곱고 찬연한
나의 가을빛.

- '나의 가을빛' (2015. 10. 17) 중에서

　이른 봄 싹이 터서 비바람, 불볕더위 겪어 가며 꽃 피우고 키워 올린, 씨앗과 몸통 줄기의 월동을 위하여, 그리고 다시 오는 봄을 위해 이제는 작별해야 합니다. 아쉽고 서러운 작별이지

만, 곱고 기쁘게 떠나 주어야 합니다. 화려하고 아름다운 작별을 위해 숨겨둔 빛깔을 꺼내어 화려한 작별 인사를 합니다. 황홀하고 찬연한 이 빛들이 어디에 숨었다가 남길 것만 남기고 떠나는 작별의 순간에 이토록 찬연하게 솟구치는가? 떠나는 아쉬움을, 남기고 떠나는 기쁨을 단풍 빛이 말해 주는 듯합니다.

(…)
꽃 피고 지는 격랑 속에
끊임없이 한들대는 억새의 물결처럼
하 많은 세상만사 속에
가는 듯 멈춘 듯 흐르는 세월처럼
흔들리며 멈추며 흘러가리라.
나의 가을 길을.

텅 빈 하늘 바라 손짓하고
뵈지 않는 바람 좇아 헤매 돌며
가녀린 목 길게 뽑아
내 사랑 찾아 걸으리라.
나의 가을 길을.

- '나의 가을 길을' (2015. 10. 18) 중에서

맑고 푸른 하늘은 자꾸자꾸 높아만 갑니다. 푸른 초원에 가득한 억새의 하얀 이삭 물결이 대양에서 밀려오는 하얀 너울처럼 벌판을 뒤덮습니다. 천군만마가 하얀 깃발을 휘날리며 내달리듯 초원을 하얗게 휩쓸어 덮고, 백만 함성의 노도처럼 온 세상을 가을빛으로 휘몰아갑니다. 거역할 수 없는 이 흐름 속에 외롭고 초라한 한 인생의 여정이지만 나의 발걸음과 나만의 빛으로 나의 가을 길을 걷고 싶습니다.

(…)
모든 생은 한 폭의 수묵화를 친다.
영고성쇠의 피고 짐은 점(點)이 되고

생로병사는 선과 마디를 그린다.

내 삶의 수묵화는 무슨 그림이며
오늘은 어느 마디에
한 점 방점(傍點)을 찍고 있는가?

- '내 삶의 수묵화' (2015. 11. 1.) 중에서

　학봉 선생 고택, 솟을대문 앞에 있는 노거수 탱자나무의 윗부분을 가을 하늘 배경 삼아 찍었습니다. 한 폭의 수묵화처럼 돋보이는 탱자나무 사진이 되었습니다. 하루하루 점 하나 만큼씩 일 년에 세 치 정도인 10여 cm씩 자라 춘하추동 꽃 피고 지고, 낙엽 지고 혹한을 견디며 수백 년의 세월이 흐르고 흐른 삶의 궤적이 맑은 하늘 배경 삼아 한 폭의 그림을 그린 것입니다. 뭇 나무와 같이 우리네 인생살이도 소소한 하루하루가 쌓여 한평생의 삶을 살고 나면 해묵은 한 폭의 수묵화로 남는 것이 아닐까? 꽃 피고 열매 맺는 영화로운 시절도 있고, 비바람에 꺾이고 단풍 들어 떨어지고 혹한에 떨 듯 조락(凋落)의 시절도 있습니다. 우리 삶의 영화롭고 마르고 성하고 쇠함을 반복하는 생로병사가 결국 휘어지고 꺾어지고 매듭으로 남는 한 폭의 수묵화를 그려가는 과정과 다를 게 무엇인가? 사람도, 동물도, 초목도 모두가 자연 속 한 형제로서 모두가 한때 살다, 언젠가는 한 줌의 흙이 되어 자연으로 되돌아가는 삶이며, 오늘 하루 내 일상의 24시간 흔적은 내 삶의 그림 한 폭 어디인가에 점 한 점을 찍고 있음이 아닌가? 오늘 나는 내 삶의 나뭇가지 어느 마디에 어떤 모습의 한 점, 방점을 찍고 있는 것일까?

(…)
만추의 찬란한 단풍빛이 곱다.
가슴에 서리는 황혼빛이 섧다.
그렇게 그렇게 젊음의 빛도 바래 간다.

- '낙엽 따라 세월도' (2016. 11. 12) 중에서

　파란 하늘, 붉은 태양 아래 한여름이 가고 어느덧 가을바람 몰아치니 푸른 잎은 만자홍엽 낙엽이 되어, 세상은 조락의 계절로 접어듭니다. 올해도 가을이 낙엽 따라 흘러갑니다. 눈부신

만추의 화려한 단풍, 길 떠날 채비를 하는 마지막 단장인 양 짠한 설움이 배어납니다. 세월은 세상의 어린 것을 장성하게 키우고, 장성했던 것은 쇠락의 길로 내쫓깁니다. 푸르던 잎이 어느새 단풍이 드나 싶더니, 휘리릭 몰아치는 소슬바람에 단풍이 허공에 춤을 추며 작별 인사를 건넵니다. 낙엽 따라 가을 가고, 흐르는 가을 따라 세월도 갑니다. 작년에도 그러했고 작년의 작년에도 그러했던 것처럼, 우리의 아버지 또 아버지의 아버지 때도 그러했던 것처럼, 올해도 낙엽 따라 가을 가고, 가을 따라 내 젊은 청춘도 흘러갑니다.

> 나뭇잎에 내려앉은
> 아침 햇살,
> 포근함과 안온(安穩)
> 따스함과 부드러움.
> 천사의 숨결 같다.
> (…)

- '아침 햇살을 보며' (2016. 8. 27.) 중에서

제4부 내 발길 닿은 그곳 –가다가 쉬고, 쉬다가 걷고…

> 산도화 송이송이 벙그는 봄날
> 종점도 정처도 없이
> 남도길 여행을 떠난다.
> (…)
> 가다가 쉬고 쉬다가 걷고
> (…)
> 그런 시간과 여정을 찾은
> 봄날의 꿈길이었다.

- '그냥 나선 남도 여행' (2016. 4. 14) 중에서

탐진강 가녘에 서서
제암, 사자, 억불봉을 본다.
(…)
억불봉 하나 보기도 버겁더니만
세월 흘러 지금 보니
제암, 사자, 억불봉이 한눈에 드네.

흐르는 세월 속에
보는 눈은 욕심껏 넓어져 무한인데
마음의 눈은 빛이 바래 감흥이 없으니
이 몸도 세월 따라 함께 흘러
속 비어가는 고목처럼
꿈 잃은 빈 껍질이 되어 가는가?
(…)

- '탐진강 가녘에 서서' ((2013. 11. 21.) 중에서

    탐진강 변에 서니 어린 시절 그 추억이 새롭습니다. 벌써 많은 세월이 흘러 산천도 변하고 주변 가옥의 구조며 시가지의 양상도 몰라보게 바뀌었습니다. 더구나 탐진댐 건설 이후 강의 모양도, 환경도 완전히 바뀌었습니다. 옛날 논이었던 자리에 지금은 멀뚝한 아파트를 비롯한 고층건물이 우뚝 솟아 있습니다. 오직 변함없는 것은 제암산, 사자산, 억불산뿐인가 봅니다.

정이 서린 곳
그리움이 이는 곳
조갈 난 그리움 찾아 나선다.
(…)
뽀얀 물비늘 너머에서
금세라도 다가올 것만 같은
보고자운 그 사람,
비문증(飛蚊症) 그림자 되어

환영(幻影)의 그네를 탄다.

(…)

- 일산호수 (2014.3.2.) 중에서

능수버들 실가지가 바람에 흔들릴 적마다 가지 사이로 어른거리는 하늘과 호수 빛이 그리운 사람의 얼굴 되어 들락날락, 잊힌 옛 고향 친구며 아직도 마음속에 살아있는 그리운 사람. 눈앞에서 가까워지다가 멀어지고를 반복하는 그리움의 환영(幻影)이 그네 질을 시작합니다. 눈앞에서 알짱거리며 사라지지 않는 비문증(飛蚊症)의 날파리 환영처럼… 마음은 호수의 잔잔한 물결 따라 일렁이고, 번지는 물 동그라미 여운 쫓아가는 눈가에는 호수에 반짝이는 물 빛살 같은 이슬이 촉촉이 배어들고… 봄날 호숫가에서 아뜩한 그리움의 갈증은 해일 수 없이 깊어만 갑니다. 호숫물 다 마셔도 풀릴 것 같지 않은 그리움의 조갈증은 해거름도 없이 매년 반복되는 봄날의 상사병(相思病)인가 봅니다.

　　(…)
　　대우산, 가칠봉 산마루 따라
　　뻗어 나간 가녀린 가리마 길
　　임들의 발자취 따라
　　이어진 넋 줄.
　　보랏빛 산마루 너머 너머
　　뻗어야 하거늘
　　더는 못 간다네.
　　여기가 끝이라네.

아! 펀치볼!

- '아! 펀치볼' (2014. 5. 10.) 중에서

대암산에서 건너다본 펀치볼. 왼쪽 가리마 같은 산 능선 도로가 대우산 군사도로이며 정중앙 능선이 가칠봉, 중앙 약간 우측 제일 높은 능선이 을지전망대입니다. 그 안쪽 분지 안에 있는 곳이 펀치볼마을입니다. 좌측 능선 군사도로 연장선에 도솔산 전적비가 있으며 그 뒤 높은 바위봉우리가 해발 1,148m인 도솔산입니다. 양구군 해안면의 도솔산은 한국전쟁 당시 북한 군이 점령하고 있던 지역으로 태백산맥으로 이어지는 험준한 산악지대에 있는 한반도의 정중 앙입니다. 이러한 지리적 이점 때문에 난공불락의 천연 요새로써 6.25 때 북한군이 전략적 요충지로 여겼으며 미군 해병의 집중 공략에도 끄떡없이 미군의 피해만 컸다고 합니다. 그러나 미군 해병대와의 임무 교대로 투입된 국군 해병대 제1연대는 수적 열세에도 불구하고 도솔산 을 탈환하여 중동부 전선의 교착상태를 타개하고 '대우산전투'를 비롯해 '924고지 · 1026고지 전투'를 성공적으로 이끌었다고 합니다. 이러한 도솔산전투의 승리를 치하하며 이승만 대통령 은 '무적 해병' 휘호를 하사했고 이로써 '귀신 잡는, 무적해병의 신화'를 이룩, 해병대 정신의 바탕이 되었다고 합니다.

초록빛 고운 풀빛 너머
바다가 싱그럽고
올망졸망 섬들이
다정히 머리 맞대 조는 곳.
(…)
차마 못 잊어 가슴 시리고
일렁이는 그리움이 사무칠 때면
꿈길에 후딱 다녀갈지라도.
천 년 만 년 변함없을
욕지도 동항리 앞바다에
내 마음의 짐 다 풀어 놓으리.

- '욕지도 동항리 앞바다' (2014. 6. 28) 중에서

싱그러운 초여름! 상큼한 바람결에 흔들거리는 풀더미 너머, 올망졸망 포개어 기대고 조는 듯한 남해안 섬들이 다정다감해 보입니다. 욕지도 천황산 줄기 바위 끝에서 바라보는. 거울처 럼 잔잔한 욕지도 바위섬 앞바다에는 평온과 아늑함과 차분함이 감돌아, 내 가슴에 응어리진 아픔과 그리움도 술술 풀려 바다에 빨려 가는 듯, 가슴이 뻥 뚫려 너른 바다를 닮아갑니다. 천 년 만 년 두고두고 뭇 사람의 애환을 모두 받아들이고서도 오늘도 마냥 맑고 푸르기만 한 욕지

도 앞바다에 내 마음 티끌 비우고 가렵니다.

(…)
아기자기 꽃 섬이 둥둥
섬마다 엉키는 다감한 세상사!
새록새록 사람 이야기 피어나는 곳.

끝없이 흘러갈 듯 내 닫는 물굽이도
가다가 머뭇머뭇 되돌아오는 한려수도
사람 냄새 그리워 차마 못 떠나나 보다.

파도 따라 흘러간 물굽이처럼
가 봤자 한려수도
와 봤자 통영 아니런가?
(…)

- '한려수도 꽃 섬들' (2014. 6. 29.) 중에서

동양의 나폴리라는 통영항과 한려수도 다도해 조망을 한눈에 볼 수 있는 미륵산 정상 조망은 참으로 절경이었습니다. 어디에서 이러한 자연의 아름다움과 광활한 천지 그리고 시원한 바다 풍경을 한눈에 조망할 수 있으리오. 통영 케이블카 상부 미륵산 신선대 전망대에 설치된 '향수'의 작가 정지용 시인의 시비가 새삼스럽지 않을 수 없습니다. '나는 통영 포구와 한산도 일대의 아름다운 풍경을 내 문필로는 표현할 능력이 없다'는 요지의 기행문을 썼고, 이 글을 새긴 시비를 설치(2010.2.26.일)하게 된 것이라 합니다.

세월은 소리 따라 흐른다.
만물은 소리가 있고
무상한 소리 속에
자연도 시간처럼 흐른다.
(…)

소리 맞춰 유장한 세월이 흐르고
세월 흐름 따라 나의 시간도
몽돌처럼 닳아만 간다.
생의 모래시계에
자꾸 줄어드는 모래알처럼.

- '세월과 소리'(2015. 2. 5.) 중에서

부산 이기대 해안, 장산봉 동쪽 산자락에 바다와 면하여 있는 공원으로 약 2㎞에 걸친 해안
일대에 기묘한 바위로 이루어진 암반들이 바다와 접해 있어 부산에서 가장 유명한 낚시터라
고 합니다. 구전에 의하면 의로운 두 기녀의 애국충정이 서려 있는 해안입니다. 들고 나는 바
닷물과 파도 소리가 세월의 흐름을 말해 주는 듯 선명하게 귓전을 울리고 마음에 깊이 공명을
일으키는 듯했습니다. 새삼 들려오고 멀어져 가는 소리가 오는 세월과 가는 세월의 징표로 가
슴에 와 닿고 세월은 소리 따라 흘러가는 성싶었습니다. 이기대 해안의 마력인 듯싶습니다. 들
고나는 물 따라 몽돌 구르는 소리가 닳아만 가는, 남아 있는 시간을 재는 우리의 모래시계처럼
느껴집니다.

(…)
수평선에 하늘이 내려앉아
하늘인 듯 바다인 듯 흰 구름 피어나고
하늘로, 바다로 오르락내리락,
뽀얗게 떠오르는 그리운 벗님들.

바위 위에 솟구치는 하얀 물보라처럼
하얀 이 드러내며 싱긋 웃는 그 얼굴
모래밭에 빨려드는 하얀 물거품처럼
스멀스멀 파고드는 그리운 벗님들.
(…)
아! 파도처럼 밀려오고
가을 향기에 곰삭은

타는 그리움을 어이 할거나.

- '솔향기길에서' (2015. 10. 14.) 중에서

잔잔한 듯 무겁게 밀려오는 파도 따라 하얀 물너울 타고 떠오르는 그리운 벗님네들! 높고 맑은 가을 하늘이 바다에 잠기듯 긴 세월 잊었던 고향의 소꿉동무들, 하얀 파도 따라 날 찾아오는가? 부서지는 물비늘 헤쳐 가며 물질하는 해녀의 숨비소리가 날 부르는 골목길 소꿉동무 휘파람 소리처럼 멀리 가까이, 크게 간절하게 귓전에 맴돕니다. 끝없이 펼쳐지는 서해 수평선을 마주하고 바라보니 바다도, 파도도, 빛살 치는 물비늘도, 모두가 스멀스멀 벗인 양, 그리움인 양, 내 가슴을 파고듭니다.

어째야 쓸거나?
저 타오르는 불살을.
푸른 줄만 알았더니
항시 푸를 줄만 알았더니.
(…)
어째야 쓸거나?
이 타오르는 단풍 가슴을.
젊은 줄만 알았더니
항시 젊을 줄만 알았더니.

- '한계령 가을빛' (2015. 10. 29.) 중에서

꿈에서나 볼 수 있음 직한 한계령 설악로의 가을빛이 절정에 이르렀습니다. 한여름 무성했던 나뭇잎들이 이제는 황홀한 빛으로 작별의 서운함을 달래는 계절입니다. 달이 차면 기울고 해 지면 밤 오듯이 줄기차게 자라, 꽃 피우고 열매 맺느라 온갖 간난을 이겨낸 잎새들입니다. 이제는 다음 세대의 존속과 성장을 위하여, 춥고 힘겨운 겨우살이를 위해 기꺼이 몸을 던져 사라져야 합니다. 항시 푸를 줄만 알았던 잎새들이 사라져 가야 하듯 우리도 이제 후대를 위하여 아름다운 작별의 준비를 해야만 합니다.

흥망과 성쇠는
돌고 도는 것이요
영욕은 순간일 뿐
부귀공명은 스치는 바람이로다.

공(空)이로다. 공이로다.
세상만사가
공 아닌 게 있는가?

다시 오라 손짓하는
추억도 그립지만
어서 가자 등 떠미는
세월이 야속하지 않은가?
(⋯)

- '계백 장군 묘 앞에서' (2015. 12. 14) 중에서

솔바람 스쳐 가는 호젓한 언덕배기에 묘를 수호하는 그 흔한 석물(石物) 한 점 없이 눈 서리, 찬바람에 휘둘리며 방치되어 봉분은 붕괴하고 내광(內壙)마저 노출된 채로 세월 흘렀다고 합니다. 흰 구름 그림자 스쳐 가고 넘나드는 외로운 산새 벗 삼아 역사의 뒤안길에서 조촐하게 명맥을 이어온 백제 대장군 계백의 묘. 계백의 충성 어린 죽음을 본 백제 유민들은 적장 김유신이 찾으려 했으나 찾지 못한 장군의 시신을 거두어 은밀하게 임시로 매장했다고 합니다. 그 후 인근 주민을 중심으로 묘제를 지내오던 관행이 이어져 왔으나 패장의 무덤인지라 끝내 무덤은 임시매장 상태로 방치되었습니다. 수백 년이 넘고 천 년이 훨씬 넘은 최근에서야 묘 앞에 달랑 비석 하나 세워져 있으니 덧없고 부질없는 것이 인간사인가? 함께 대적했던 승장(勝將) 김유신 장군의 묘가 호화롭고 잘 관리된 대봉분인들 무엇하며, 패장(敗將) 계백 장군의 묘가 솔밭 그늘에 묻혀 1천 300여 년을 방치된 채 전설로만 전해 온들, 지금에 와서 보니 모두가 다 지나간 옛이야기일 뿐 아무것도 없는 공(空)입니다. 흥망성쇠는 돌고 돌며 부귀공명은 한갓 스치는 바람 같은 것임을 말해 줄뿐입니다.

(…)
사랑 그리는 애절한 마음은
강물에 어른대는 물비늘 빛살처럼
시도 때도 없이 가슴에 어른대는데
어찌하나! 어찌하나!
보고프고 만나고픈 그리운 사람.

예나 지금이나 아우라지 강물이
변함없이 흐르듯
한겨울 찬바람에 꽁꽁 얼어도
얼음장 밑으로 유유히 흐르듯
가깝고도 먼 사랑의 길에는
가로막는 하 많은 사연의 강이
예나 지금이나 변함없이 흐르네.

아! 사랑은 아름답지만
건너야 할 고달픈 강이 있네.

- '아우라지 강변에서' (2016. 1. 14.) 중에서

흐르는 강변을 하염없이 바라보며 강변에 외로이 서 있는 아우라지 처녀상, 싸늘하게 얼어붙은 아우라지 강물을 마주하며 꼼짝 않고 서 있습니다. 무심한 강물은 하얗게 얼어가고 어른대는 물비늘 빛살이 조각난 사랑의 꿈인 양 어지럽게 흩어집니다. 지나는 길손의 마음이 더욱 차가워지고, 저미는 가슴처럼 아리어옵니다.

(…)
하지만 어쩌랴.
천 년 무변 사바세계의 꿈은
오봉의 석굴암 나한상 촛불로 타오르지만
언제나 오려나, 아득한 미륵 세상!

오가는 중생의 쳇바퀴 삶을
수천 년 굽어본 우이령길 오봉도
세세연년 몽글어만 간다.
천년 바위 오봉도 애가 닳나 보다.

- 오봉(五峰)도 애가 닳나 보다(2016. 3. 19) 중에서

오봉산 석굴암 뒤 도봉산 주봉으로 이어지는 능선에 장엄하게 서 있는 5개의 거대한 바윗덩
어리. 언뜻 보면 커다란 바윗덩어리 위에 공깃돌 하나씩 얹어둔 것도 같지만 또 다른 한편으로
는 마치 서울의 진산(鎭山) 북한산을 지키는 수호신과 같은 거대한 나한상(羅漢像)이나 장군상(將
軍像)처럼 보입니다. 1억6천만 년 전인 중생대 쥐라기에 생성된 거대한 화강암이 우리가 감히
상상할 수 없는 수많은 세월 속에 잘리고 씻기고 닳고 닳아 둥근 바위가 되어, 수백 년 세월 인
간사를 내려다보는 것 같습니다. 장구한 세월에 걸친 풍화와 침식, 절리로 마치 돔 모양의 기
암괴석이 형성되었습니다. 오랜 세월에 걸쳐 북한산과 도봉산에 얽힌 우리 민족의 고난과 소
망 그리고 우이령길을 오가는 수많은 옛 선인의 삶의 애환을 다 꿰뚫고 보았으리라 생각됩니
다.

(…)
비움인 듯 가난한 초원을 안고
아득히 높푸른 하늘 떠받들어
슬프게 휘어진 능마루가 곱다.

거친 들판에 봉긋 솟아나
외로움 삭히는 평온의 봉우리.
오를수록 안기듯 빨려가고
어서 오라 손짓하는 부드러운 선.
(…)
내려와 뒤돌아보고서야 알았다.
높고 강하고 빼어남이
아름다운 게 아니었다.

빼어남 없이 질박한 부드러움이
바로바로 '신비롭고 곱다'는 것을.
사람 사는 세상도 그러하다는 것을.

- '오름이 고운 까닭은' (2016. 4. 9) 중에서

　제주 서귀포시 표선면 성읍리에 있는 백약이오름입니다. 푸른 초원이 넓게 펼쳐져 있는 들판에 봉긋이 솟아난 오름, 백 가지 약초가 자란다 하는 백약이오름을 올랐습니다, 한라산처럼 높은 것도 아니며 빼어난 풍광이나 기암괴석이 있는 것도 아닙니다. 그렇다고 해서 진귀한 식물이나 볼거리가 있는 것도 아닙니다. 오를수록 마력에 취한 듯 편안하고 내려와 뒤돌아볼수록 아늑하게 다가오는, 땅덩어리가 피워낸 거대한 땅 꽃이었습니다. 이토록 마력적인 힘을 가지고 있는 오름의 매력이 무엇일까? 빼어남도 없고 꾸밈도 없는 부드러움, 바로바로 그것이었습니다.

(…)
함께 걷는 올레길이 꽃길입니다.
자갈밭 해안 바위 안고 넘나들며
꽃쟁이들과 함께 걷는 길
그 길이 바로 꽃길입니다.
(…)
뜻 맞는 꽃쟁이들과 함께 걷는 길이
바로바로 천상의 꽃길이었습니다.
두고두고 함께 꽃길을 걸었으면 좋겠습니다.

- '함께 걷는 꽃길' (2016. 4. 10.) 중에서

해안가 올레길을 함께 걷습니다. 함께 걷는 그 길이 꽃길이었습니다.

그리움에 끝이 있고
아름다움에

어디 끝이 있던가?

(…)

이 땅에서 가장

슬프게 그리운

처절하게 아름다운

다산 초당 오솔길

숲길을 걸었다.

(…)

- '다산 초당 오솔길에서' (2016. 4. 30) 중에서

옆으로 새는 길도 없는 유일한 오로지길, 길 따라 가다 보면 오직 닿은 것은 백련사와 다산 초당일 뿐입니다. 이 길을 10년 넘게, 시도 때도 없이 울컥울컥 치미는 한, 설움, 외로움 그리고 넘치는 학문의 격정과 사람 냄새 찾아, 천지 간에 오직 홀로 있는 외로운 선비가 광활한 사막길 별빛 따라 걷듯 넘나들던 길입니다.

(…)

후두둑 빗방울 듣는 소리

숲이 깨어난다.

쏴아- 한 줄기 바람 타고

숨었던 꽃 요정이

불쑥 꽃 미소를 들이민다.

운무 가득한 곶자왈 숲속에서

천상의 꽃길을 걷고 있는

나를 만났다.

(…)

- '안개 속 곶자왈' (2016. 5. 8.) 중에서

안개 가득한 곶자왈 숲길은 몽환 속에서 걷는 천상의 화원길만 같았습니다. 후두두 빗방울 듣는 소리와 쏴아 한 줄기 바람 타고 숲속의 요정들이 발딱발딱 깨어나듯, 안개 속에 가려 있던 화려한 꽃들이 불쑥불쑥 눈앞에 나타납니다.

> (…)
> 태초의 숨결이 어리고
> 어둑함과 거침이 공존하는
> 곶자왈 미로에서 살아가는 들풀,
> 비바람, 바닷바람, 산간바람
> 모질고 끈덕지게 보듬고 피워낸
> 쪼그마한 풀꽃 미소에 가슴 아리다.
> (…)
>
> - '제주 꽃 탐방 일주일' (2016. 5. 10.) 중에서

만세동산에서 바라본 오름 벌판과 윗세오름 털진달래밭의 환상적인 경관에 세상만사를 다 잊었던 한 주일이었습니다. 백 년도 못 살 것을 천 년을 살 것처럼 아등대며, 여유 없고 부질없이 살아온 지난 세월이 다시금 서글퍼지기도 했던, 제주 꽃 탐방 일주일이었습니다.

> (…)
> 자기와 황금만을 숭배하는 희대의 괴물이 되어 가는데
> 이 괴물들과 어이 함께 살거나!
> 사비성 충절의 전설이 잊힐 날도 멀잖구나.
>
> - '부소산성(扶蘇山城)에 올라' (2016. 7. 14) 중에서

강 건너에서 바라본 낙화암입니다. 숲에 쌓인 절벽도, 유유히 흐르는 강물도 예나 지금이나 그대로이고 성충. 홍수, 계백의 우국충심(憂國衷心)과 삼천궁녀의 망국정절(亡國貞節)은 역사에 뚜렷합니다. 하지만 작금의 소위 공인(公人)의 위치에 있는 자들의 행태는 국가의 안위에 따른 백제의 충절과 정절은커녕 갈수록 가관입니다. 세월이 흐르긴 많이 흘러 세상도 왈칵 변했나

봅니다. 국가 일을 하겠다고 입에 거품 물고 결표(乞票)하던 정치인, 국가 안위 팽개치고 제네 마을 챙기기 바쁩니다. '알 권리'라는 미명으로 국익과 공익은 팽개치고 자기 독자 성향과 특종에 눈이 먼 언론인, 다 쓰지도 못하고, 가져가지도 못할 부질없는 재물에 본분을 망각한 파렴치한 공직인. 삼충사의 우국충심과 삼천궁녀의 망국정절을 잊은 지 오래된 것 같으니 어찌 한 숨짓지 않으리오.

(…)
이제 언제 또 이 길을 다시 걸으랴.
저 고운 아침 햇살과
서산에 번지는 붉은 노을빛은
내일도 또 내일도
붉게 붉게 타오르겠지만.

무엇이 귀하고 소중한 줄도 모르고
주어진 하루, 하루가 끝없는 줄만 알았던
인생 여정의 끝자락 황혼 길에 서서
섦고 그리움에 절인 이 가슴 열어젖히면
그 빛도 저리 곱고 붉게 번질까.
서편에 번지는 노을빛에 가슴이 아린다.

- '지리산 종주(縱走)' (2016. 8. 12) 중에서

제5부 헤매 도는 이역 땅 – 우리 꽃이 뭐길래.

우리 꽃이 뭐길래
만주로, 백두로, 사할린으로
이역 땅 두메산골 헤매 돌며 찾는가?

남북이 가로막아

만날 수 없는 들꽃도 있고

기록에만 남아 있되

찾지 못한 우리 꽃이 있다.

(…)

고와서도 아니고

탐나서도 아니다.

이 몸과 태어난 땅은 하나요

역사와 문화도 신토불이(身土不二),

(…)

내 것 아닌 우리 것이기에

찾아 헤매 도는 신토불이 마음

뉘라서 알까?

- '우리 꽃이 뭐길래?'(2015. 8. 3) 중에서

우리 조상과 함께 살아온, 우리 삶의 밑바탕이 되었던 이 땅의 자생식물, 하지만 가볼 수 없는 북한 땅 식물은 어찌 만날 수 있나요? 또 이 땅에 자생하고 있다고 해도 북방계 식물과 남방계 식물의 원류(源流)를 찾아보기 위해서는 주변국 탐사를 아니 할 수 없습니다, 그래야 그 근본과 형태 변화를 추정할 수가 있기 때문입니다. 우리 식물을 찾고 원류를 찾아보고 유래를 알아보고자 하는 것은 결국 우리의 근본을 찾고자 하는 노력의 하나입니다. 우리의 삶과 문화와 역사는 이 땅의 식물과 함께 이루어져 왔습니다. 인간이 아무리 지혜와 지식이 뛰어났다고 해도 햇볕, 물, 공기라는 무기물을 가지고 이 세상 온갖 동물의 먹거리인 유기물, 즉, 탄수화물을 생산하지 못합니다. 오직 식물만이 무기물을 모든 생명체의 에너지원인 유기물로 바꿀 수 있는 신비의 능력을 갖추고 있습니다. 모든 생물이 살아갈 수 있는 에너지 생산자는 오로지 풀과 나무입니다. 나머지 모든 생명체는 1차, 2차, 3차 소비자일 뿐입니다. 먹고, 자고, 입고, 치료하는 모든 것을 식물에 의존해 왔기에 우리가 살고, 우리 조상이 살았던 고향과 고국의 식물을 아는 것은 우리 근본을 아는 것입니다. 내 몸도, 마음도, 지위도, 재산도 다 내 것이 아닙니다. 이 세상에 내 것은 하나 없습니다. 우리의 문화, 우리의 역사는 이어져 갑니다. 이때 반드시 함께 공존해야 하는 것이 바로 우리 식물입니다. 몸과 태어난 땅은 하나라는 신토불이(身土不二),

우리 문화요, 역사요, 삶 자체가 신토불이, 그 밑바탕에는 바로 우리 식물이 있습니다.

하늘엔 꽃구름
땅 위엔 꽃 벌판
꽃향 찾아 나비 날 듯
꽃 따라 헤매 도는
꽃쟁이 여로(旅路).

길길 마다 이어지는
꽃 더미, 꽃 물결 속에
날 가는 줄도 잊겠네.
사할린 꽃 탐방길.

- '사할린 꽃 탐방길' (2015. 8. 3) 중에서

아픔도 컸지만 기쁨도 컸습니다. 사할린 꽃 탐방길. 일제 강점기에 사할린으로 강제 징용되었고 사할린 탄광 노역 중에 태평양 전쟁 말기 다시 일본 본토로 징용되어 행방불명이 된 사할린 동포의 애환, 8 · 15 광복을 맞이했지만, 조국 땅을 밟지 못한 사할린 동포와 그 자녀들의 한 많은 삶이 눈물겨웠습니다. 아직도 버리지 못한 한인(韓人) 동포의 귀국 꿈에 아픈 그들의 마음을 헤아려 봅니다. 길길 마다 이어지는 처음 대한 우리 꽃소식에 즐거움도 컸지만, 사할린 징용인들의 애환이 가슴을 짓누르기도 한 사할린 꽃 탐방 여정이었습니다.

한낱 전설에 불과했다.
아련한 소문뿐
보고파도 만날 수 없었기에.
(…)
간절한 기다림과 절절한 그리움 있어
오늘 비로소 너를 만났다.
(…)
그리움과 간절함이 이뤄낸 만남!

다시 못 올 작별인 양

왜, 내 마음 머무는가?

사할린의 웅기솜나물.

- '웅기솜나물' (2015. 8. 5) 중에서

　바닷가에서 자라는 웅기솜나물, 국내에서는 함북 웅기 해안에서 자라는 야생화입니다. 웅기는 두만강을 사이에 두고 연해주와 잇닿는 곳으로서 굴포리 신석기 유적지로 많이 알려진 곳인데 웅기솜나물과 갯별꽃의 국내 유일의 자생지이기도 합니다. 함북 웅기군은 1981년 선봉군으로 개명되었습니다. 식물도감이나 자료에는 우리 꽃으로 기재는 되어 있지만, 북한에서만이 자생하기에 자료로서만 보고 실제로 만나보지는 못한 우리 꽃, 사할린 바닷가에서 만나보니 30~50cm라는 식물도감 기재문과는 사뭇 다르게 키가 매우 큰 것도 많았고 꽃도 고왔으며 잎과 줄기는 튼튼하고 실했습니다. 차갑고 거센 북쪽 극지의 찬바람 속에서 혹독한 겨울을 이겨내고 싹을 틔워 피운 꽃임에도 해바라기처럼 밝고 환한 황금빛 꽃 빛깔이 곱고 풍성하고 넉넉한 여유로움이 넘쳐나는 꽃이었습니다.

　　(…)

한 잎 한 잎 켜켜이 인고로 쌓아 올린

마추픽추 돌벽 같은 초록 망루.

(…)

이 세상도 아닌 저 먼 나라

한도 간난도 없이 꿈으로 가득 찬

그 별빛 나라의 간절한 표상처럼

영롱한 황백색으로 소롯이 피어나는

사할린 해변의 갯별꽃.

- '갯별꽃' (2015. 8. 3) 중에서

　사할린 토마리 해변에서 만난 갯별꽃입니다. 그곳에는 신기하게도 우리가 그토록 보고 싶어 했던 북방계 우리 식물인 갯별꽃, 갯지치, 웅기솜나물이 모두 함께 섞여서 한 지역에서 자라고 있었습니다. 이 식물들은 모두 우리 식물도감에 나오는 식물이지만 북한지역에 자생하기에 남한에서는 거의 만나기 어려운 식물입니다. 그런데 모두 한군데 자라고 있는 것을 만났으니 횡재나 다름없습니다. 갯별꽃은 이미지 사진이 아주 귀해 어떻게 생겼는지조차 알지 못한 식물로서 인터넷 백과사전에도 잘못된 사진이 등재된 식물입니다. 바닷가 모래땅에 자라는데 함북 웅기 등 우리나라 북부 지방과 일본 북부 및 오호츠크 해안에 자생하는 우리 꽃이지만 만날 수가 없었던 꽃이기 때문입니다.

(…)
별만큼이나 하 많은 사연 모아
주렁주렁 피워 올린 바닷가 갯지치 꽃.
한 맺힌 분노는 분홍빛이 되었고
뼈저린 설움은 청잣빛이 되었나?
알알이 사연 담은 갯지치 맑은 꽃.

아직도 삭지 않은 분노와 슬픔이
꽃이 되어 피어난다.
초롱처럼 피어난다.
사할린 해변의 갯지치 꽃!

- '갯지치 꽃' (2015. 8. 3) 중에서

작고도 고운 앙증맞은 꽃망울, 알알이 사연 담아 가슴에 품은 듯 다소곳이 고개 숙여 벽자색 고운 꽃을 피워 올린 사할린 해변의 갯지치 꽃입니다. 청잣빛, 분홍빛 감도는 사할린 해변의 갯지치를 대하니 갯지치 대면의 기쁨에 앞서 사할린으로의 강제 징용되었다가 다시 일본 본토로 징용된 이중징용광부의 한이 생각났습니다. '이중징용광부'란 태평양전쟁 말기 미군의 공습강화로 사할린에서 채취한 석탄을 일본 본토로 운송하는 화물선이 공습 표적이 되자 1944년 8월부터 사할린의 탄광 문을 닫고 여기서 일하던 한인 광부 약 3천 명을 일본 본토에 있는 탄광으로 끌고 가 전쟁이 끝날 때까지 중노동에 시달렸던 광부를 말합니다. 사할린 해변에 자라고 있는 갯지치의 푸르스름한 꽃이 이중징용광부의 피맺힌 한이 서린 꽃인 듯 보여 갑자기 울적한 마음이 앞섰습니다.

수천 년이 가고 가고
수만 년 세월이 또 흘러도
커져만 가는 그리움 있다.

기쁨의 절정이 눈물이듯
그리움의 끝은 멈춤인가.
빛살처럼 세월은 흐르는데
성장을 멈춘 돌매화는
그리움의 꽃망울만 키워 간다.
(…)

- '돌매화나무(암매)' (2016. 8. 2) 중에서

　일본 홋카이도 다이세츠산에서 만난 돌매화꽃입니다. 국내에서는 한라산 정상의 암벽에만 극소수 개체가 분포하고 있는 세상에서 가장 키가 작은 나무, 돌매화나무입니다. 수십 년을 자라도 손톱만 한 크기로 흐르는 세월을 거부하고 다시 찾아올 빙하시대를 기다리는 듯 성장을 멈추고 기다림의 망울만 연년세세 터뜨리는 돌매화나무, 손톱만 한 크기의 몸체보다 더 크게 피워 올리는 순백의 꽃망울에서 질긴 생명과 처절한 그리움의 절정을 보는 듯하여 돌매화 한 송이 꽃 앞에서 흘러간 머나먼 옛 시대를 그려봅니다.

(…)
그리움에 애만 닳아
심해(深海) 같은 어둠과 함묵 속에
맑고 창백하게 피어난 꽃.
새어드는 가녀린 별빛과
감싸 주는 해무에 싸여
남몰래 키워온 연분홍 마음이다.

별빛에 묻어둔 그리움
백옥처럼 바래만 가는데

언제 이 마음 전할까?
애타는 기다림은
붉디붉은 보주(寶珠)로 영글어 간다.

- '월귤꽃 그리움' (2015. 8. 1) 중에서

　국내에서는 한라산과 설악산 등 고산지대에서 매우 드물게 만나는 식물입니다. 사할린에서는 갯가 평지에 시로미와 함께 널려 있었습니다. 은방울꽃처럼 생긴 청초하고 맑은 하얀 꽃망울이 인적도 없는 깊은 숲속, 숲 바람 소리와 끝없이 이어지는 북극 바다의 파도 소리에 밤이면 찾아오는 별빛과 달빛 기다리며 핀 꽃입니다. 속세와 멀리 떨어진 외딴 벌판에서 함초롬히 외롭게 피어난 하얀 월귤꽃이 서럽도록 맑고 고와 보였습니다. 밤낮으로 감싸드는 해무에 목 축이며 심해 같은 어두운 밤이면 별빛 그리워하고, 태고의 적막에 묻혀 숲 바람 소리에 마음 달래며 고이고이 피워낸 옥색 꽃입니다. 숲속의 요정처럼 귀엽고 맑아 보여 마주 대하는 나 자신이 세정(洗淨)된 것 같은 기분이었습니다. 오랫동안 마음속에 그리는 기다리는 나의 사람과 같은 꽃이었습니다. 홍보석처럼 곱게 익어가는 탐스럽고 풍성한 열매는 외로움과 그리움이 잉태한 보배로운 구슬처럼 여겨졌습니다.

　　(…)
　　거친 비바람 함께하며
　　세찬 바람엔 키 낮추고
　　독한 추위엔
　　하얀 수피 한 겹 더할 뿐이다.

　　굳세고 질긴 사스래나무,
　　그래도 못 견딜 건
　　외로움인가 보다.

　　지독한 외로움 있어
　　무리 지어 달래며 산다.
　　키 낮춰 더불어 산다.

얼싸안고 기대며 산다.

- '사스래나무 숲' (2016. 8. 2) 중에서

원시의 환경이 느껴지는 일본 홋카이도 라우스다케의 사스래나무 숲속에 들어섰습니다. 자작나무류 중에도 사스래나무는 큰 산의 정상 부근이나 거의 수목 한계선 근처까지 자라는 고산성 낙엽교목입니다. 백두산의 해발 2,000m 일대에 군락을 이루어 자라는 나무가 바로 사스래나무입니다. 지상에서 가장 높은 곳에서만 자라는, 사람 냄새 풍기는 속세를 떠나 높고 깊고 차가운 땅에서 자라는 나무입니다. 자작나무처럼 하늘로만 곧게 솟는 것이 아니라 밑동에서부터 구부러져 키 낮춰 자라며, 가지를 옆으로 벌려 서로 얼싸안은 듯 무리 지어 자랍니다. 세찬 바람과 매서운 추위 탓인지 수천수만 그루가 한데 어울려 무리 지어 인적 드문 원시의 숲을 이루며 자랍니다. 나뭇가지와 그 아래 숲에 많은 기생식물을 품고 이것들과 더불어 사는 고산성 나무입니다. 키 낮춰 자라고, 얼싸안고 살며 더불어 사는 사스래나무입니다.

(…)
심해의 침묵을 헤아리듯
고개 숙인 해마(海馬)처럼
전신을 곤두세운 귀 기울임에
숲속의 침묵이 녹아들고.

숲속 천 년의 고요 속
비밀 속삭임은
바람 따라 흐르고
내뱉지 못한 태산 같은 침묵은
맑디맑은 수정초로 피어난다.

- '나도수정초' (2014.5.3) 중에서

언뜻 보면 버섯이라고도 할 만한 나도수정초입니다. 대마도 아리아케산에서 만났습니다. 주로 제주도 한라산 밑자락에서 발견되는 흔하지 않은 야생화입니다. 나도수정초는 노루발과의 다년생 식물로서 5~6월 활엽수림대 낙엽 속에서 하얗게 솟아오르는 부생식물입니다. 엽록소가 없어 광합성을 하지 못해 어떤 생물체가 죽거나 썩은 뒤 그로부터 양분을 섭취하여 자랍니다. 마치 해마(海馬)처럼 생긴 나도수정초는 가운데 파란 부분이 암술이고 주변 노란 부분이 수술입니다. 비슷한 종인 수정난풀은 장마철 이후에 꽃이 나오며 암술이 파란색이 아닌 노란색이고 구상난풀과 너도수정초는 일경다화(一莖多花)인 점이 서로 다릅니다.

> (…)
> 정녕 요화(妖花)인데
> 장미에 가시 있듯
> 실거리에도 가시가 있다.
>
> 들여다보는 눈길마저
> 덜컥 낚아챌 듯한
> 암괭이 발톱 같은 숨겨진 낚시.
> (…)
>
> - '실거리나무 꽃' (2014. 5. 5) 중에서

남부 지방의 해안가와 제주도에서 자라는 실거리나무 꽃을 대마도에서도 만났습니다. 눈부신 신록의 계절에 횃불처럼 환하게 치솟아 오른 꽃대! 요화(妖花)처럼 피어나는 실거리나무 꽃. 하늘 향해 꽃 날갯짓 치며 솟아오를 듯 샛노란 꽃잎을 허공에 나풀거립니다. 화룡점점의 마무리 손질인 듯 단심처럼 붉은 꽃술은 보는 이 가슴마저 벌겋게 달굽니다. 짙푸른 이파리며 화려하고 고운 꽃잎, 뭇사랑 독차지 감입니다. 하지만 스치는 눈길마저 덜컥 낚아챌 것만 같은 섬뜩하게 날카로운 숨겨 놓은 가시가 있습니다. 산짐승도 길짐승도 가까이하지 못하는 화려하지만 섬뜩한 꽃이기도 합니다. 장미에 가시가 있듯 실거리나무에도 가시가 있어 고혹적인 아름다움이 있음에도 만인의 사랑을 다 받을 수는 없는 나름의 한계가 있는 꽃입니다.

> (…)
> 영겁(永劫)의 세월
> 끝도 시작도 없는 기다림.

낮추고 낮춰 이어 온 삶.
영롱한 흑진주 되어
새 생(生)을 기다린다.

- '시로미' (2015. 8. 1) 중에서

　한라산의 해발 1,400m 이상의 고지대에 자라는 시로미, 그러나 온난화 영향으로 개체 수가
점점 줄어들고 있습니다. 열매의 맛이 달지도 시지도 않기 때문에 시로미라 하며 한자로는 까
마귀의 자두란 뜻으로 오리(烏李), 영어로도 crowberry입니다. 열매가 작은 콩알만 한 검은색
의 장과입니다. 시로미라는 고산식물의 열매는 오미자의 열매와 함께 위장병에 특효라고 합
니다. 제주도 사람들은 이 열매를 진시황이 그토록 구하고자 했던 불로초일 것으로 추정하고
있다 합니다. 기원전 221년 전국시대 중국을 처음으로 통일했으며, 스스로 황제 칭호를 사용
했던 진시황(秦始皇)은 서기전 200년경 역사(力士) 서불(徐市)에게 약초를 구해 오도록 명하였다
고 합니다. 바다 가운데, 봉래(蓬萊)·방장(方丈)·영주 등 삼신산이 있는데, 그곳에는 불로불사
(不老不死)의 약초가 있어 신선들이 살고 있다고 믿어 500명의 선남선녀를 선발하여 동쪽으로
보냈는데 그때 서불이 찾은 곳이 영주산이며 바로 제주도 한라산의 시로미 열매를 얻기 위함
이었다는 것입니다.

(…)
수억 겁의 세월을 밟으며
고요와 침묵을 깨뜨린다.
온몸이 전율에 잠기어 드는
원시림 숲속 속살을 더듬는다.

아!
태산 같은 세월의 무게에
두려움이 인다.

- '원시림 숲속에서' (2014. 5. 4.) 중에서

일본 대마도 타테라 원시림 숲속, 무질서가 질서인 자연의 섭리 속에 수억 겁의 세월을 나고 자라고 크고 없어지며, 변화를 스스로 거듭해 오면서 지금의 현실에 가장 적합한 상태를 이루고 있는 자연 숲이 원시림입니다. 인공이 가해지지 않은 처녀림 속을 한 발 한 발 움직일 때마다 현대 문명과 장비로 더덕더덕 덧칠한 복장과 장비로 수억 겁의 세월을 함부로 밟으며 고요와 침묵을 깨뜨리는 것 같은 두려움도 있었습니다.

> (…)
> 낯섦 없고
> 외롭지 않고
> 다정한 눈 맞춤
> 함께 할 수 있다면
> 어디인들 고향 아니런가.
>
> 국경도, 타향도
> 부질없는 심사(心事)였네.
> 고향이 따로 있나?
> 설지 않은 산천초목
> 이곳이 바로 고향인 것을.

- '고향이 따로 있나'(2014. 5. 6) 중에서

대마도 미다케 산에서 내려다본 대마도의 산봉우리와 아기자기한 산줄기들이 정감 서린 내 고향 야산(野山) 자락 같습니다. 어디에 있으나 부드럽고 나지막한 산은 정겹고 편안한 안정감을 가져다줍니다. 낯익은 자연 속에서의 포근함은 어디에나 같은가 봅니다. 사람 있고 문명 있는 곳에는 나라가 다르면 문화가 다르고 풍습이 달라 뭔가 이색적이고 다름과 차별성을 느끼지만, 기후대가 같고 자연환경이 유사하면 고향의 아늑함을 느끼기는 마찬가지인가 봅니다.

> 하늘, 땅, 바다가 합일된
> 어둠과 침묵 속의 발리 땅에
> 여명의 새 빛이

하늘과 바다를 가른다.

천 년을 두고두고
뻗치는 금빛 햇살
어둠의 세계를 밀어내고
광활한 천지를 일깨운다.
빛을 뿌린다.
생명의 빛이다.
(…)

- '발리의 새 아침에' (2014. 8. 2) 중에서

  푸른 바다 끝없이 펼쳐지는 발리의 누사두아 비치에 수천 년을 두고두고 변함없는 태양이 어둠을 사르고 바다 밑에서 불끈 솟아오릅니다. 온 세상에 생과 기를 일깨웁니다. 이렇게 또 하루가 시작됩니다.

있음도 없음도
무상(無常)이 항상(恒常) 임을
대자연이 말해 주는가?

흐르는 세월 속에
있는 듯 없는 듯
오늘도 내일도
또 내일도 그대로이리.

요원(遙遠) 벌판 굽어보며
초원에 잠긴 아리야발 사원

- '아리야발 사원에서' (2014. 8. 15.) 중에서

몽골 테렐지국립공원 안에 있는 아리야발 사원의 전경입니다. 탁 트인 광활한 초원이 있고 좌청룡 우백호처럼 초원을 감싸는 산줄기가 있습니다. 숲과 초원과 벌판이 함께 어우러져 생명의 정령(精靈)이 넘쳐흐르고 삶의 에너지가 솟아 나올 듯한 선경(仙境)입니다. 산이 사원을 품었지만, 사원이 산야를 장악한 듯한 조망권이 일품입니다. 산이 있고 사원이 있는 한 서로가 서로를 보완하듯 함께 세월의 흐름을 맞이합니다. 테렐지 공원은 아리야발 사원을 품고 사원은 공원을 조망할 수 있게끔 서로가 공존하는 풍광입니다. 이 풍광은 철 따라 해 따라 매번 변하지만, 공원과 사원은 변함없이 더불어 공존할 것입니다. 초목이 싹트고 꽃 피어 열매 맺고 사라집니다. 지난해에도 올해에도 또 내년에도 그러할 터이니 변함으로써 그대로 있을 수 있는 것입니다. 자연은 생이 있어 변하고 변할 수 있으니 자연은 영원한 것입니다. 결국은 있는 듯 없는 듯 항상(恒常)인 듯 무상(無常)하고, 무상인 듯 항상인 것이 대자연입니다. 대자연 속 우리의 삶은 어떠한 것이어야 할 것인가?

> (…)
> 바람 없는 초원에
> 어찌 생명이 넘실대고
> 바람 없이 피는 꽃에
> 어찌 향기가 있겠는가?
>
> 세상은 바람이다.
> 바람은 생명이요
> 힘이고 향기이다.
> (…)
> 바람은 생명이요 전설이다,
> 잠자던 대지는 바람에서 생명을 얻고
> 흔들리며 쓰러지듯 자란 초목은
> 곱고 향기로운 꽃을 피워
> 바람을 맞이한다.
> (…)
> 오늘도 바람이 분다.
> 몽골초원에도,

나에게도.

- '몽골초원에서' (2014. 8. 16.) 중에서

광활한 벌판에 쏟아지는 몽골 초원의 빛, 끝없이 이어지는 푸른 초원과 파란 하늘빛, 흰 구름 둥실 떠가는 아스라한 초원 끝, 하늘 맞닿는 지평선 위에 흘러간 지난날의 온갖 추억이 살아 꿈틀거리는 원시의 땅이었습니다. 그 위를 거침없이 내닫는 바람! 바람 있어 생명이 있고 꽃이 피고 향기가 있습니다. 끊임없는 시련과 도전이지만 바람 없이 사는 삶에 꽃이 피고 향기가 있겠습니까? 대지의 초목은 바람 앞에 꽃과 향기로 답하는데 영장류(靈長類)인 사람은 세상 풍파 삶 앞에 무엇으로 답을 해야 할 것인가?

한 서리고, 쌓이고 맺혀만 가는
아! 사할린!
칠흑의 차가운 밤하늘을
갈 곳 잃어 떠도는 영령(英靈)이여!
창공에 빛나는 별빛 되소서.
바람 따라 흐르는 구름 되소서.

그리하여
별빛으로 오소서.
구름으로 오소서.
꿈에도 잊지 못했던
임의 고향 하늘에
아! 사할린의 임들이여!

- 아! 사할린 (2015. 8. 5)중에서

지금 사할린에는 광복 이후 70여 년의 긴 세월을 형벌 같은 그리움으로 조국을 그리워하며 귀환의 그 날을 아직도 기다리고 있는 동포들이 있습니다. 이들은 한국에서 사할린으로 강제 징용당했던 광부와 노무자들, 그리고 영문도 모른 채 사할린에서 일본 본토 탄광으로 또다시 끌려가 사할린에 남은 가족들과 그 후손들입니다. 태평양 전쟁이 끝나자 사할린 동포들은 전범인 패전국 일본인들보다 우선해서 한국의 고향으로 가게 될 것으로 굳게 믿었다고 합니다. 1946년 '미소 귀환협정'으로 일본인 30만 명이 귀국하였지만, 사할린 한인들은 일본인이 아니라서 귀국 대상에서 제외되었습니다. 다음 해 1947년 여름, 중국인(대만인)도 그들 조국이 보낸 귀환선을 타고 모두 돌아갔습니다. 그러나 소련과 국교가 없고 반공 이념에 몰입된 대한민국은 이들을 찾을 여건과 경황이 없었고 강제로 끌어간 일본은 이들을 나 몰라라 팽개쳤습니다. 이들은 누구의 도움도 없이 버림받은 국적 미아가 되어버렸던 것입니다. 사할린의 코르사코프 항구, 망향의 언덕이 바라보이는 사할린의 남쪽 끝 노비코보에서 아! 사할린을 절규하며 이들의 한을 달래 봅니다.

> (…)
> 만년설과 잔설이 널브러진 땅,
> 여린 들풀이 모진 삶을 살아가는 다이세츠산.
> 인간사 밉다고 산천에 피는 꽃마저 미우랴.
> 한 서린 임들의 혼령이 배인 땅이지만
> 인간사(人間事)는 잊어버리자.
> 신비에 싸인 산천과 곱게 피는 들풀을 보며
> 어제도 잊자.
> 오늘과 내일만 보자.
>
> 내게 주어진 남은 세월,
> 극한의 여건에서도 최상의 꽃을 피우는
> 말 없는 들풀과 더불어 머무는 무상(無常)의 자연.
> 산과 들, 구름과 바람
> 이 곱고 예쁜 것만 보기에도 너무 짧지 않은가.
>
> - '홋카이도 다이세츠산에 올라' (2016. 7. 31) 중에서

홋카이도 다이세츠산의 구로다케 정상을 넘어서니 금매화가 화려하게 산길을 수놓고 앞산 너머 너머에는 하얀 구름이 들락날락, 신비의 세계를 드러내 보입니다. 일제 강점기에 강제징

용으로 고국산천을 떠나 이곳 오지 탄광에서 바람처럼 사라진 우리 옛 임들의 한이 서린 홋카이도! 세월 흘러 이곳까지 와서 혹한의 설풍과 동토 속에서도 꽃을 피우는 야초를 보며 들풀처럼 살다가 가신 임들의 한 맺힌 숨결을 느껴봅니다.

(…)
설산의 새싹은
어둠 깊어 혹한과 시련이 클수록
희망을 키우고 기다림을 즐긴다.
희망과 기다림은 오직
살아있는 생명체(生命體)만의 특권이다.

- '설산의 새싹' (2016. 7. 31) 중에서

   고산대 설산의 새싹은 낮은 지역의 식물과 생체 리듬을 달리하나 봅니다. 수만 년 살아오면서 체득한 삶의 지혜라 할까? 암튼 그러했기에 지금까지 살아서 대를 이어오는 것입니다. 입구에 올라오면서 만났던 머위는 이미 꽃을 피워 열매를 맺고 있었습니다. 하지만, 눈 덮인 고지대에 있는 머위는 이제 싹이 돋는데 눈 속에서 새싹이 솟으면서 꽃망울부터 부풀리고 있었습니다. 아무리 이른 봄꽃이라 하더라도 대부분 식물은 새싹이 돋고 자라서 꽃대를 올려 꽃망울을 맺고 부풀려 꽃을 피우는데 설산의 새싹 머위는 새싹과 꽃망울을 동시에 올려 바로 꽃 피우고 열매 맺을 채비를 갖추고 있습니다. 고산대 식물은 저지대 식물과 대부분 삶의 패턴이 다릅니다. 짧은 생육 기간에 싹 트고 꽃 피고 열매 맺고 스러져야 하기 때문입니다. 사막에 자라는 식물도 주어진 짧은 기간에 한 생을 마쳐야 하기에 한번 비가 오고 나면 새싹들이 우후죽순처럼 돋아나 꽃 피고 열매 맺어 사라지고 그 씨앗은 희망과 기대 속에서 다음 비 오는 때까지 끈질기게 기다린다고 합니다. 그래서 고산대나 사막 같은 극한지에서는 꽃들이 일제히 함께 피고 함께 사라지는 꽃들의 별천지 세계를 동시에 연출하는 것입니다. 계속 춥고 겨울인 줄만 안다면 고산식물은 한 생의 되풀이를 하지 못합니다. 겨울은 봄을 잉태하고 봄이면 바로 여름이 시작됨과 동시에 8월 말이면 곧바로 눈 내리는 동토의 계절이 기다리고 있음을 고산식물은 너무도 잘 알고 있습니다. 이를 알기에 계절의 변화에 적응하며 한겨울 얼음 땅에서 응축된 힘을 모아서 두껍게 뒤덮고 있는 눈이 녹기 시작하면 바로 싹을 틔움과 동시에 꽃망울부터 내밉니다. 극지의 고산식물에서 살아있는 생명체의 강한 생명력을 봅니다. 또한, 암흑의 혹한과 뒤덮인 눈벌판 아래에서 시련에 굴하지 않고 오직 꽃대 올려 다음 생을 기약하는 한 톨 씨앗을 남기고 바람처럼 사라져가는 고산대 들풀의 짧고 짧은 한 살이 생을 봅니다. 아무리 어렵고 험난한 여건 속에서도 희망과 꿈을 키우며 기다릴 줄을 알며 때가 오면 게으름 잊고 바삐 서둘러 마무리를 짓는 설산의 들꽃에서 희망과 기다림이란 바로 살아 있는 생명체만의 특권임을 깨닫습니다.

> 세상에 고운 것은
> 아무래도 고운 것은
> 있는 그대로인 것.
>
> 빼고 더함이 없는
> 있는 그대로의 산천
> 한 떨기 작은 꽃이
> 그래서 곱구나.

> - '세상에 고운 것은' (2016. 8. 1) 중에서

가느다란 실처럼 엉킨 꽃잎이 갯바람에 흐느적거리니 보는 눈에 현기증이 일 정도입니다. 구름패랭이꽃의 가느다란 꽃잎이 헝클어질 대로 헝클어진 쑥대머리처럼 뒤엉켜 보입니다. 그래도 아리아리 곱고 가슴에 포근히 다가오는 구름패랭이꽃, 마음마저 스리스리 녹아내릴 듯합니다.

> 세월이 흐른다.
> 그 앞에 항상(恒常)은 없다.
> 만물이 생멸하고 변화한다.
> (…)
> 모른다. 긴 세월은.
> 멀고 큰 것은 잊자.
> 서울역 앞 노숙자가
> 소주 한 병 값이 절박하지